KB174277

아! 서울대

• 차 례 •

1부

인트로 007

고기 = 서울대 009

홍수 012

이천원, 그리고 종합선물세트 015

주희 023

1등 김성표 031

미팅 037

미팅 2 054

돈까스 059

바람둥이 선서 064

소나기 068

해수욕장 073

약발 076

비밀 079

토끼 사냥 081

반장선거 087

등교 091

학생회장 대대장님의 활약 094
종이비행기 099
도서관 103
맞고 맞고 또 맞고 108
광채 소녀 115
결전의 날 - 학력고사 121
학력고사 성적 129
생애 첫 술 137
일일찻집 144
졸업여행 149
인터뷰 156
놈들의 행선지 168
합격 통지서 174
할배요 179
입학식 184

2부

첫날 191

학생증 195

신촌 201

성주보 206

끽연 209

몰래바이트 213

학원 로맨스 220

잔불 중불 큰불 229

서울 232

회동 236

광필 244

전방 입소 248

기대 253

안기부 256

사이보그 261

1부

인트로

1985년 3월.
김천에서 올라온 성표와 할배는 보무도 당당하게 서울대 정문을 들어선다.
교문 주위에 늘어선 전경들.

'음 그렇지. 역시 김성표야. 우리를 이렇게 환영해줄 줄이야.'

성표는 할배의 손을 힘을 주어 꼭 잡으며 자신의 위대성을 할배에게 전달한다. 할배도 자랑스러운 손자의 힘을 손으로 느낀다.

그러나 바로 그 순간 하늘에서 뭔가 터지며 흰 연기를 토해낸다. 이것도 환영식의 한 부분? 하며 하늘을 쳐다보는데 눈이 시리고 코가 매캐해지면서 할배의 손을 놓친다.

"할배요 할배요 어디 있는교?" 성표가 외치고,

“야야 성표야 니 어데 있노? 성표야.” 하며 할배도 외친다.

사방이 순식간에 아수라장으로 변한다.

두 사람은 그 속으로 연기와 함께 사라진다.

고기 = 서울대

10년 전 어느 날. 식구들이 둘러앉아 저녁을 먹는다. 할배와 아버지, 큰삼촌은 따뜻한 아랫목에 앉아 잘 차려진 밥상을 드신다. 특히 고기덩이가 있는 고깃국을. 형 셋과 누나 둘, 여동생 하나, 그리고 나는 부실한 밥상을 앞에 두고 있다. 형들과 누나들은 그나마 고기가 있는 국을 먹고 있는데 나와 동생은 아무리 헤집어도 고기가 없다. 동생 오숙이가 성표에게 눈을 힐긴다. '쳐다보지 마라. 나도 엄다.' 그래도 오숙이는 입을 삐쭉거린다. 동생의 맘을 대신하여 성표가 푸념한다.

'씨~ 오늘도 국물만 있네. 맨날 말뿐인 고깃국 질린다 찔려.'

변소 갔다 오는데 무슨 소리가 들린다. 슬쩍 안방을 본다. 어르신들이 열심히 TV를 보고 있다. 성표 쳐다보는데 갑자기 테리비 화면이 극장 화면처럼 막 커진다.

그 그 그곳에서는 고기를 먹고 있다. 것도 마구잡이로. 국물 없는 고기만.

하얀 와이셔츠를 입은 사람들이 고기를 그야말로 폭풍흡입을. 성표는 침을 흘리기 시작한다. 소화제 광고인지 뭔지 무슨 광고를 보면서. 성표는 다짐한다. 서울 가면 저렇게 고기를 먹을 수 있겠구나.

'무조건 서울 가야 한다. 무조건.
나도 가서 배 터지게 고기 먹고 싶다.
지금부터 나의 목표는 서울대다. 서울대.'

성표는 흘린 침을 주워 담으며 목줄에 잔뜩 힘을 주어 침을 꿀꺽 삼킨다. 마치 고기인 양.

성표에게 서울대는 곧 고기였다. 김천 외곽에서 농사를 지으며 3대가 모여 살았다. 집안 살림이 그렇게 빈궁하지 않았음에도 고깃국은 늘 가뭄에 콩나듯 했다. 식구가 많아서 고기 구경은 가뭄에 콩 나는 것 중에서도 또 가물었다. 성표에겐. 배는 고프진 않았지만 늘 고기가 고팠다. 이런 성표에게 서울은 매일 고기 먹는 곳, 소화제 먹으면서까지 고기를 먹을 수 있는 곳, 서울 전체가 고기 굽는 연기로 뒤덮혀 있는 곳으로 여겨졌다. 따라서 성표에겐 서울에 있는 대학, 곧 서울대가 목표일 수밖에 없다. 서울에 다른 대학들도 많다는 사실을 성표는 그땐 몰랐다.

홍수

하늘에 구멍이 난 듯 비가 쏟아졌다. 윗동네에서 뭐든 떠내려온다. 집안 살림살이는 말할 것도 없고 닭, 개, 돼지, 소들도 막 떠내려온다. 어린 성표는 고민에 빠졌다. 뭐부터 건져 올려야 할지. 그리고 시간도 없다. 빨리 결정해야 한다.

'조금만 늦으면 동네 청년 형들이 먼저 건져 갈낀데.'

매년 홍수 때면 동네에선 축제 아닌 축제 판이 된다. 윗동네에서 떠내려 온 닭이나 돼지 등을 건져 올려 잡아먹기 때문이다. 주로 건장한 청년들이 물살을 헤엄쳐 건져온다. 성표 같은 어린아이들은 축제판에서 늘 제외되었다.

'이번에는 내가 직접 잡는다 카이. 그래서 축제의 주인공이 될끼야.'

성표는 바빠지기 시작했다. 닭. 개, 돼지, 소. 닭, 개, 돼지, 소. 뭘 잡지?

'바로 돼지야.

닭은 좀 작고,

개는 우리 집 똘똘이 때문에 절대 먹을 수 없어,

소는 감당하기엔 너무 커.

돼지가 적당해.

크기도 그렇고 무엇보다 맛이 좋아.'

라고 결정하는 순간 바로 물살로 뛰어들었다.

갑자기 돼지가 수십 마리 아니 수천 마리가 성표를 둘러 쌓다.

'오~오~ 웬 횡재야.'

성표는 가져온 바구니에 그 큰 돼지들을 주워 담기 시작했다. 담으면 담을수록 이상하게 바구니는 차지 않았다. 마찬가지로 돼지들의 숫자는 줄지 않고 오히려 늘어만 갔다. 이젠 좋기는커녕 압사지경에 이르렀다.

'아 안~돼~에'

외마디 비명을 지르는 순간 번쩍 뭔가 얼굴에 심하게 부딪히는 것을 느꼈다.

눈을 뜨니. 희미하게 보이기 시작하는데…

온 동네 사람들이 성표를 둘러싸고 있는 것이 아닌가?

"이놈의 짜슥 그거 어데라꼬 뛰어 드노?"

"니 죽다 살아 났다 아이가?"

"괜찮지 성표야?"

"아까 때려서 미안하데이."

동네 청년 형들이 성표를 물끄러미 내려다보며 말했다.

그러나 성표의 시선은 바구니에 가득 담았던 돼지를 찾는 데 여념이 없다. 근데 사람들 틈새로 보이는 돼지 한 마리. 청년 몇 명이 그 돼지를 내려다보며 히히득 거리고 있었다. 잡아먹을 생각을 하며.

이천원,
그리고 종합선물세트

한가로운 오후. 모두들 논일하러 나가고 성표 혼자 집에서 죽빵 때리고 있다. 마당에서 노니는 닭들에게 돌을 던지기도 하고 자기 나이와 비슷함직한 똥개 똘똘이를 걷어차 보기도 한다. 부엌에 들어가 뭐 먹을 것 없나 싶어 찬장을 다 뒤진다. 그러나 무엇 하나 성표의 심심함을 달래지 못한다. 급기야 이방 저방 막 돌아 다니며 머리끝까지 차오른 무료함을 주저 앉일게 없나 찾아본다. 안방에 들어온 성표.

'오홋? 저게 웬 떡이냐?'

벽에 걸린 아부지 바지 주머니에서 부끄러운 듯 살짝 삐져나와 성표에게 인사하는 지폐.

'안녕? 니가 날 기다리고 있었구나. 내 오늘 널 요긴하게 써주마.'

입꼬리가 하늘을 찌를 듯 올라간 성표는 지폐를 조심스레 꺼낸다.

'오~예~ 두 장이다 두 장.'

이거면 시내 나가서 고기 먹을 수 있겠다 싶어 다시 한번 하늘을 찌를 듯 괴성을 질러본다. 속으로만. 혹시 들킬까 싶어서.

이천원이 안착해 있는 성표의 앞주머니. 성표는 가슴이 벅차다. 지금까지 살아오면서 이렇게 행복하기는 아마도 종합선물 세트 이후 처음이다. 그때가 몇 살 적이었는지는 정확히 기억나지 않지만 어릴 적 대구에서 온 작은 삼촌이 뭔가 큰 박스를 선물로 사오셨다. 한 눈에 봐도 그 속에는 기분 좋은 무엇이 들어 있을 것 같았다. 알록달록 예쁘게 디자인된 박스의 외관이 성표로 하여금 코를 벌렁이게 했으니까. 아니다 다를까 박스를 여는 순간 그 어디에서도 맡아보지 못한 향기로운 냄새가 코를 헤집고 들어 왔다. 그 속에는 온갖 신기한 과자들이 가득했다. 역시 대구는 달라. 김천은 쨉도 안돼. 성표에게 대구에서 온 종합선물 세트는 김천을 시골로, 대구는 서울 다음가는 큰 도시로 만들어 버렸다. 더불어 대구에서 온 삼촌은 그 날부로 성표의 영웅이 되었다.

'그나저나 히야 누나들 보다, 글구 무엇보다 저놈의 동생보다 먼저 제일 맛있는 과자를 차지해야 할낀데. 근데 뭐가 제일 맛있을까? 한 번도 안 묵어 봤으니. 그냥 제일 큰 거 집는 거야. 도시에서 온 과자는 다 맛있을 거야.'

그 짧은 시간에 성표는 나름의 계산을 하느라 바빴다. 히야와 누나들이 움직이려는 순간 성표도 몸을 날렸다.

'아 이건 뭐꼬? 이 느낌은 뭐지?'

손끝에 와 닿는 부드럽고 세련된 도시의 촉감. 흔히 볼 수 있는 비닐봉지지만 성표에겐 진공 봉지의 부드러움과 아삭아삭한 비닐의 느낌은 닐 암스트롱의 달 착륙이었다. 암스트롱의 첫 번째 발자국만큼이나 성표의 첫 번째 손자국은 경이로움 그 자체였다. 봉지 속에 뭐가 들어 있는지는 중요하지 않았다. 전혀 궁금하지 않았다. 성표는 이미 한 번의 터치로 모든 것을 다 가졌다. 한눈에 반한 연인들처럼.

'이걸 열어봐야 하나? 내 본부에 비밀스럽게 보관해야 하나?'

게걸스럽게 먹고 있는 히야 누나 동생을 보면서 성표는 심한 갈등에 사로잡혔다. 이미 과자를 입속 가득히 오물거리는 형제들을 보며 성표도 먹긴 해야겠는데 좀체 봉지를 뜯기 쉽지 않았다. 하지만 다들 먹고 있는데 나만 먹지 않으면 분명 다 뺏길 거야. 특히 오숙이가 위험해. 아깝지만 나도 먹어야겠어. 최대한 조심스럽게 봉지를 뜯기 시작했다. 성표의 손길은 지금보다 더 어릴 적 갓 부화한 새끼병아리를 손안에 담을 때처럼 조심스럽고 부드러웠다. 노란 병아리를 구름 위에 올려놓으려 했던 것처럼 봉지 속의 과자를 손바닥 위에 올려놓았다.

'아 이 고소하고도 달콤한 냄새.'

입에 침이 고이기 시작했다. 몇 번이고 침을 삼켰다. 잘 차려진 음식을 먹기 전에 에피타이저를 먹는 것처럼. 성표는 최대한 천천히 과자를 입속으로 가져갔다. 암스트롱이 달을 걷듯 아주 천천히. 입속에 다다른 과자는 언제 씹었는지도 모르게 샤르르 목구멍을 타고 넘어갔다.

'아 이 맛이란….'

고기 맛과 비슷했다. 정말 먹기 힘든 것이란 점에서 성표에겐 같은 맛으로 여겨졌던 것이다. 성표가 먹은 과자 이름이 '샤브르'란 사실을 알기까지는 한참이 걸렸다. 서울대생이 되어서야 비로소.

성표는 이천원을 만지작거리며 종합선물 세트의 기분 좋은 추억을 떠올리고 있었다. 근데 누구랑 고기 먹으로 가지? 평소 자신에게 잘 해 줬던 놈과 그렇지 않았던 놈을 떠올리며 이천원의 하해와 같은 성은을 베풀 아군과 적군을 가르기 시작했다.

'광필이는 병 딱지 따 먹기 대마왕이야. 붙었다 하면 다 따 먹고 삥도 주지 않아. 나쁜 새끼. 탈락.

주보는 배가 너무 나왔어. 뭘 쳐 먹었길래 맨날 배가 남산만한 거야? 기형아 새끼. 너도 탈락.

준성이는 말을 너무 잘해. 아니 말을 너무 많이 해. 촉새 같은 새끼. 니도 탈락.

기현이는 노래를 너무 잘해. 친구들에게 인기가 너무 좋아. 마음도 착해. 질투 나는 새끼. 탈락.'

큰일이었다. 주변의 친구를 아무리 찾아봐도 모두가 탈락이었다. 데려갈 놈이 한 놈도 없었다. 왜 나에겐 탈락만 있지? 성표는 고민에 빠졌다. 고기를 먹긴 먹어야겠는데 혼자 먹을 순 없고. 할 수 없다. 성표는 철저히 고기만 생각하기로 했다. 하여 탈락된 놈들을 모두 데려가기로 했다. 사실 성표가 친구를 모두 탈락시킨 이유가 있었다. 마음속에 한 사람을 품고 있었기 때문이다. 그 애와 단둘이 고기를 먹고 싶었기 때문이었다.

시내로 나온 다섯 놈의 중학생들은 불판 앞에 앉았다. 그 어느 때보다 바르게 앉았다. 허리를 곧추세우고 어깨를 펴고 양팔은 가지런히 식탁 위에 얹고. 마치 경건한 의식을 치르듯이 이글거리며 타오르는 불판을 이글거리는 눈으로 쳐다보았다. 속으론 제일 먼저 젓가락 앞으로 해서, 첫 번째로 고기 위에 상륙할 생각을 하면서. 드뎌 고기가 불판에 포개졌다.

'오오 이 향기로운 냄새.'

바로 종합선물 세트의 그 냄새였다. 단지 차이가 있다면 그 향기가 연기를 타고 온다는 점이었다. 성표는 연기도 막 주워 먹고 싶었다. 하여 눈을 감고, 입을 벌리고, 연기를 깊숙이 들여 마셨다. 콜록 콜록 아이고 나 죽네. 갑작스럽게 들이닥친 연기 땜에 눈물 콧물 기침까지 해대기 시작했다. 그사이 고기가 먹음직스럽게 익자 탈락 놈들의 젓가락 공격이 시작됐다. 어 어 성표가 몇마디 했을까 고기가 순식간에 없어졌다. 더 심해지는 기침 그리고 콧물, 게다가 더 더 더 심하게 흘러내리는 눈물. 연기 때문인지, 고기를 못 먹은 슬픔 때문인지 성표는 알 길이 없었다.

'네온이 춤을 추는 남포동의 밤,
이 밤도 못 잊어 찾아온 거리…
이 밤도 불러보는 이 밤도 불러보는 김~처~언의 부르스'

어둠이 살짝 내려 깔린 귀가 길에 기현이가 구성지게 김수희의 남포동 부르스를 흥얼거렸다. 평소에 말이 없는 기현이는 김수희 노래를 불렀다 하면 완존히 다른 사람이 된다. 가수도 그런 가수가 없었다. 바이브레이션을 타는 울대와 치켜 올라가는 눈꼬리, 트롯트 리듬에 맞게 절도있게 꺽이는 목과 어깨, 심지어 손가락 연기까지. 해서 기현이는 놈들에겐 없어서는 안될 존재였다. 고기 잔칫날에 노랫가락이 없을 수 없었다. 다른 놈들도 기현이의 노래와 춤사위를 흉내 내며 고기로 부푼 배에다 기분도 한껏 부풀어 집으로 가고 있었다. 다만 성표만이 예외였다. 도저히 놈들과 같이 갈 수 없었다. 놈들에게 당했다고 생각하니 노래가 짜증스러웠고 배는 더 더욱 고팠다. 슬쩍 옆길로 빠졌다.

터덜터덜 배고픈 발걸음이 집으로 향했다. 그래도 온몸엔 고기 냄새가 진동했다. 그 많은 연기를 혼자서 다 마셔댔으니 입만 빼고 다른 모든 기관이 호사를 한 셈이다. 성표의 옷까지도. 허탈한 걸음으로 집 대문을 들어서는데 어디선가 대 빗자루가 날아들었다. 정통으로 맞은 성표는 발라당 자빠졌다. 그 위로 쏟아지는 빗자루 세례.

"이놈의 자슥. 니 돈 훔쳐가가 뭐 했더노? 이 냄새는 뭐꼬? 니 고기 쳐 먹었나? 아이고 내가 도둑놈 새끼 키웠네."

아부지는 더 세차게 빗자루를 내리쳤다. 수십 번 아니 수백 번. 최소한 성표는 그렇게 느꼈다. 너무 아파서. 그도 그럴 것이 고기 한 점 먹지 못하고 배 곯아 와서 배 터지게 맞았으니 그 아픔이야 이루 말할 수 있겠는가?

주희

햇볕이 쨍쨍거리는 어느 날. 할배와 성표는 논 일을 하고 있다. 근데 이상하다. 성표가 앞에 있고 그 뒤를 할배가 따라간다. 자세히 보니 성표가 쟁기를 끌고 할배는 성표를 소 부리듯 하고 있다.

"씨 왜 하필이면 소가 아파서 이 고생이고. 미쳤지 미쳤지 내가."

성표가 넋두리를 하는데 그 위로 들리는 할배 목소리.

"성표야 니 오늘 일 자~알 하몬 저녁에 시내 가서 맛있는 것 사주꾸마."

말씀이 끝나자마자 성표는 눈을 흘겼다.

'아~아~ 다 필요 없어. 고기면 몰라도. 힘들어 죽겠구만.'

학학거리며 소가 된 성표는 당장 쟁기를 벗어 던지고 싶다.

"니 이거 한잔 해라."

어디서 가져왔는지 할배는 막걸리 한 사발을 내밀었다.

성표는 얼떨결에 벌컥 들여 마셨다.

"우에에~~엑. 할배요 이게 뭡니꺼? 이거 술이지예. 아 진짜 내가 몇 살인데 이런걸 먹입니꺼?"

"이놈아 힘들 때 원래 그런거 먹는 거야. 어떠노? 힘 좀 안나나?"

소릴 버럭 질러대는 손자에게 할배는 인자하게 술빨이 있는지 체크 했다.

아 미치겠네. 어 근데 신기하게도 근육이 움칠움칠하기 시작했다. 분명 힘들었는데, 현재 스코어 전혀 힘들지 않다.

"어? 이 기분 뭐지? … 할배요 한잔 더 주이소."

얼마나 쟁기를 끌었을까? 땀 범벅이가 된 성표가 잠시 쉬며 먼 산을 쳐다보는데 저 멀리 신작로에서 한 소녀가 걸어가고 있다. 점점 가까이 온다.

'앗 주희다.'

'우야면 좋노 우야면 좋노.'

당황한 성표는 일단 쟁기부터 벗어 던졌다. 그리고 숨을 곳을 찾느라 이리 뛰고 저리 뛰었다. 미친 소처럼.

겨우 몸을 숨긴 성표는 주희를 몰래 훔쳐본다. 주희 근처엔 그야말로 광채가 쏟아진다. 촌구석에서 찾아보기 드문 긴 생머리에 뽀얀 피부, 거기에다 하늘거리는 고운 원피스, 언뜻언뜻 보이는 조약돌 같은 종아리.

'오 나의 주희. 왜 하필 이럴 때 나타나노?'

성표는 깊은 쪽팔림에 저격수처럼 몸을 숨기고 주희를 품는다.

주희는 같은 동네 친구다. 원래 엄마가 서울 사람이라 서울 티가 많이 났다. 엄마가 몸이 안 좋아 공기 좋은 이곳으로 왔다. 가끔 주희 아빠가 서울서 와서 며칠씩 있다 가곤 했다. 그때마다 주희는 난생 처음 보는 옷을 입고, 난생 처음 보는 신발을 신고 학교에 나타났다. 게다가 서울말을 썼다. 미칠 노릇이었다. 이 촌에서 천상의 노래와도 같은 서울말을 쓰다니. 그때마다 성표는 나무꾼이 되고 주희는 선녀가 된다. 언젠가 훌쩍 하늘로 떠나가 버릴 것만 같은, 아니 서울로 훌쩍 날아가 버릴 것 같은 선녀 말이다. 물론 이 나무꾼은 선녀와 단 1초도 같이 살아 본 적이 없다. 하지만 성표는 주희가 이사 온 날부터 지금까지 단 1초도 같이 안 산 적이 없다. 아침에 일어나서 잠잘 때까지 늘 주희를 품고 살았다. 심지어 고기 생각을 할 때도.

주희는 공부도 잘해서 얼핏 듣기에 서울대 간다고 한다. 친구 따라 강남 간다고 성표는 주희 따라 서울대 가려고 진작부터 마음먹고 있었다. 고기 먹으러 서울대 가려는 성표에게 주희는 곧 서울대였다.

서울대는 고기, 주희는 서울대.

즉, 고기=서울대=주희

어린 성표는 나이에 걸맞지 않게 벌써부터 확고한 인생의 목표를 정한 것이다. 기특하게도.

뒤통수가 뜨끈뜨끈하다. 어디선가 레이저가 날아오는 것 같다. 할배다. 주희를 품고 있는 성표를 할배가 품고 있다.

"이놈의 짜슥 니 뭐하노? 쟁기 안 끌고. 해질녁까지 다 갈겠나? 퍼뜩 안오나?"

'우~씨 서울대 가야 되는데 내가 지금 뭐하고 있노?'

인생의 목표가 지금 당장의 목표에 흐릿해지기 시작한다.

성표 앞에 펼쳐진 넓디넓은 논, 그곳에 남겨진 한 마리의 성표.

논을 얼마나 갈았는지 알 길이 없다. 어슴푸레한 해질녁처럼 성표의 정신도 어둑어둑해진다. 하루 종일 소가 되었으니…

이제 완전히 까만 밤길을 걷기 시작한다. 할배는 저만치 뒤에서 성표를 따라오고 있다.

'어 저게 뭐지?'

성표의 눈에 언듯 언듯 불빛이 보인다. 들어 왔다 나왔다 하면서.

'반딧불인가?'

점점 가까이 다가오는데 자전거다. 한 두 대가 아니다. 여러 대의 자전거가 길을 따라 부드럽게 내려오고 있다. 인근 전문대생들의 귀가길인가 보다. 근데 뒤에는 누군가가 타고 있다.

저마다 운전수는 남자요 뒤의 손님은 여자다.

앞바퀴에 달린 불빛이 들어 올 때 마다 언듯 언듯 보이는 연인들의 웃음.

너무나 아름답다. 반딧불의 운무를 보는 것 같다. 깜박깜박 불빛

속에 스며 나오는 히야 누나들의 환상의 실루엣.

어 어 갑자기 한 대가 길을 벗어나 하늘로 미끄러지듯 올라간다. 바로 성표 머리 위를 날아가는데 저건 누구지? 뒤에 탄 손님이 낯익다.

'주희네 맞아 바로 주희야.'

주희는 운전수의 허리를 수줍은 듯 조심스레 잡으며 환한 미소를 머금고 있다. 성표는 운전수가 너무나 부럽다. 저렇게 주희의 손길을 느낄 수 있으니. 성표는 운전수가 궁금하다.

'대체 어떤 놈이지?'

불빛이 한번 깜박이더니 운전수가 주희를 돌아본다. 성표는 기겁을 했다.

'저 놈은 저 저놈은…'

바로 성표 자신이었다.

근데 놀라움만큼이나 가슴 깊은 곳에서 올라오는 환희. 지금까지 한 번도 느껴보지 못한 이 기쁨. 소가 되어 쟁기 끌던 힘든 노동도, 물속에 빠져 죽을뻔 했던 순간도, 고기 없는 멀건 국물만 먹었던 공복감도, 이제는 모든 것이 다 기뻤다. 아니 아름답기 그지없는 것이 아닌가?

하늘 위를 나는 주희와 성표,
한 쌍의 반딧불처럼
하늘은 온통 그들의 차지였다.

성표는 주희와 하늘을 날고 있다는 생각에 하늘을 날아갈 것만 같았다. 한참을 날았을까 갑자기 발뿌리에 뭔가 채였다. 앗 하며 정말 하늘을 나는가 싶더니 곧장 땅바닥에 얼굴이 박혔다. 그 순간 기쁨은 통증으로 변하고, 불빛들은 온데간데없이 사라졌다. 저 멀리서 할배가 성표야 하며 뛰어올 뿐이었다.

성표가 사는 곳에 언제부턴가 땅을 보러 오는 사람들이 많았다. 김천에서 그리 멀리 떨어져 있지 않을 뿐만 아니라 경부 고속도로가 바로 옆에 있었기 때문이다. 복부인도 많았지만 공장을 지으려는 사람, 학교를 설립하려는 사람들도 꽤 있었다. 성표가 아주 어렸을

적에 학교가 하나 들어왔다. 무슨 전문대였는데 시에서 공장보다는 학교가 좋다고 생각한 모양이다. 덕분에 성표 동네에선 하숙방을 하는 집도 몇몇 있었다. 그러나 대부분의 학생들은 가까운 김천시에서 통학했고, 그중 몇몇은 자전거를 타고 다녔다. 성표는 그런 히야와 누나들이 부러웠다. 자전거를 탈 수 있다는 것도 그렇지만, 매일 시내에 나갈 수 있다는 것이 그렇게 부러울 수가 없었다. 시내에 가면 고기를 먹을 수 있는 확률이 더 높으니깐.

1등 김성표

학교 게시판에 전교 석차가 붙었다.

김성표 전교 1등.

성적을 확인하러 온 많은 학생들 사이에서 유난히 드러나 보인다. 성표의 이빨이. 예의 그 천진난만한 웃음을 지어 보이는데, 기세등등 광채등등이다. 고등학생이 된 성표는 그야말로 천국의 길을 걷고 있다. 바로 공부 때문이다. 탈락 놈들을 포함한 친구 놈들은 죽자고 공부를 해도 성표를 한 번도 뛰어넘지 못했다.

왜 무엇 땜에 성표를 못 재끼지?

친구 놈들은 해답을 찾을 수가 없었다. 밤새워 코피까지 흘리며 공부해도 성표를 넘어 1등 먹기가 불가능했다. 또 성표의 뒤를 따라 다니며 놈의 공부비법을 훔치려고 해 보았지만, 제 시간에 잘건 다 자고, 학원 하나 안 다니고, 지네들처럼 하루 세끼 먹고, 뭐 비법이

랄 것도 없었다. 미칠 노릇이었다.

성표에게 공부는 이 세상에서 가장 쉬운 일이 되어 버렸다. 소 쟁기 끄는 것보다는 확실히. 중학생 때는 그렇지 않았는데 고등학생이 되자 갑자기 공부가 눈에 들어오기 시작했다.

아마도 서울대에 대한 집착, 아니 고기에 대한 집착 때문일 것이다.

수업시간에 쌤 말씀 그냥 듣고, 다른 놈들처럼 야자 시간에 책상에 그냥 앉아 있고, 집에 와서는 그냥 자고, 아침에 일어나서 학교 그냥 가고. 그러면 1등이었다. 것도 전교에서. 것도 그럴 것이 성표에게 모든 수업은 미술 전람회였다. 신기한 것은 수업시간에 듣기만 해도 그 내용이 그림처럼 그려진다는 것이다.

탄젠트는 헛간에 걸려 있는 할배의 낫이 되고,
코사인은 집 앞 봉우리이며,
각종 화학식은 들판의 각종 들꽃들이 되어 한 폭의 수채화로 그려지는 것이다.

더욱이 야자 시간에 본 교과서들은 소설책이 되어 외우려고 기를 쓰지 않아도 소설 속의 주인공들처럼 선명하게 기억되는 것이다.

주인공 단종은 청령포 관음송 위에 앉아 서쪽 한양 하늘을 쳐다보며 눈물 흘리고,
주인공 영국은 증기기관차에 자본주의를 실어 전 세계로 확산시켰으며,
주인공 뉴턴은 사과를 먹으려다 실수로 떨어뜨린다… 처럼.

1등 김성표.

석차 게시판 맨 꼭대기에 새겨진 이름을 매번 볼 때마다 고기가 떠오르고 서울대가 중첩된다. 그리고 그 속엔 항상 주희가 있었다. '옆에 있는 우면여고에서도 아마 성적이 발표됐겠지. 또 주희가 1등 먹었을 꺼야.' 성표는 주희와 묘한 동질감을 느꼈다. 1등 먹는 사람끼리만 통하는 또 다른 클래스의 동질감. 같이 서울대 캠퍼스를 거닐 수 있다는 기대감. 그리고 어쩌면 고기도 같이 먹을 수 있다는 설레임이 어릴 적 짝사랑과 혼합되어 성표의 가슴을 부풀게 했다.

"야 김성표 축하해."
주희가 환한 웃음을 지으며 손을 내밀었다. 얼떨결에 손을 잡았

다. 황홀함에 올려다보는데 웬걸 욕심쟁이 광필이다.

“니 뭐꼬? 치아뿌라.”

성표는 똥 밟은 표정으로 손을 뿌리치고 씩씩거리며 교실로 돌아갔다.

“절마 저거 미쳤나?”

광필은 성표의 뒷통수에 대고 쏘아댔다.

맞다. 성표는 미쳐있다. 고기에. 주희에.

성적이 발표되는 날에는 가끔씩 고깃덩이가 들어간 국이 성표에게 올라왔다.

‘세상 살기 참 편해. 시험만 보면 이렇게 고기를 먹을 수 있으니. 뭐 그냥 학교만 다니면 되네. 근데 왜 맨날 시험이 없는 거지. 매일매일 시험만 봤으면 좋겠어.’

눈살을 찌푸리며 멀건 국에서 고기를 찾고 있는 형제들을 보면서, 성표는 처음으로 그들이 참 불쌍하다 생각했다. 아니 자신이 위대해 보였다. 고기로 가득 찬 위를 생각하며. 근데 오숙이가 유난히 눈을 흘기면서 성표를 째려본다.

사실 할배에게 성표는 집안의 자랑이었다. 집안의 여섯째로 태어나 다른 형제들이 하지 못한 위대한 길을 걷고 있었으므로.

장남은 그저 소처럼 일할 줄만 알았고,

차남은 웬 종일 빈둥됐다.

삼남은 맨날 시내 나가서 밤늦게 오기 일쑤였고,

장녀는 거울 앞을 떠날 줄 몰랐으며,

차녀는 맨날 먹기만 했고,

막내는 글쎄… 성표를 자주 째려보지만 할배 눈에는 귀엽기만 했다.

이에 비해 성표는 어릴 적부터 뚜렷한 목표가 있는 것 같아 늘 대견했다. 특히 밥 먹을 때 보면 눈빛이 살아 있는 것이 장차 뭐가 되도 될 놈이었다. 그 눈빛이 고기를 향한 것이었음을 할배는 돌아가실 때까지 몰랐다. 학교 공부도 시험 봤다 하면 1등이었다. 집안을 넘어 동네의 자랑이 될 판이었다. 할배는 성표가 서울대 가면 소뿐만 아니라 집안의 가축은 다 잡을 심산이었다.

'옆집 철이네가 지 새끼 고려대 갔다고 소 잡았는데, 우리 성표 서울대 가면 소가 뭐꼬? 돼지, 닭, 토끼까지 다 잡아버릴끼다. 지금부터 열심히 가축을 길러야제. 우리 성표 서울대 가면 크게 잔치를 벌일끼야. 이장이 폴랑카든가 뭔가 달아줄끼고. 아니야 입학식 날 관광버스 동원해서 동네 사람들 델꼬 같이 올라갈줄도 모르겠구먼.'

할배는 생각만 해도 성표가 자랑스러웠다. 서울대 갈 걸로 믿어 의심치 않았다. 평소의 살아 있는 눈빛만 보면. 그러나 아까도 말했지만 할배는 그 눈빛이 늘 고기를 찾는 눈빛임을 눈치 채지 못했다.

미팅

준성이랑 탈락 놈들이 이상하다. 며칠 전부터 우면여고 애들이랑 미팅하자고 애걸복걸이다. 성표는 싫다 했다. 애초부터 여자에 대한 관심은 한 아이로 족했다. 주희로.

탈락 놈들은 성표가 무조건 와야 했다. 전교 1등 하는 놈이 가야 그들 조직이 빛날 것이기 때문이다. 탈락 놈들은 이참에 성표의 후광을 입고 전교권에 드는 학생들로 행사할 참이다. 저쪽 여고에서는 누가 나올지 모른다. 그러나 전교권 타이틀 정도는 가져야 덜 쪽팔리고 여자애들이 더 잘 붙을 것이다. 그러나 성표는 계속 거절이다. 주희로 인해.

토요일 오후 교실 청소를 끝내고 막 나서려는데 탈락 놈들이 성표를 기다리고 있다.

"성표야 함 가주라. 니가 가야 우리가 산다 아이가." 준성이가 말했다.

"맞다 카이. 니 그냥 가만히 앉아 있기만 해라. 다른 거는 우리가 다 알아서 하꾸마. 가자 성표야 응?" 주보도 한 몫 거들었다.

"니 같이 안가면 앞으로 니하고 고기 먹으로 안간다이."

짐짓 성표에게 결정타를 날린 듯 만족해하며 광필이가 한마디 했다. 그 말을 듣자마자 성표는 고기는 한 점도 못 먹고 연기로 배 채웠던 옛날을 생각하며 광필에게 한방 먹일 태세다.

"야 야 성표야 참아라. 같이 가기만 하면 니가 해달라는대로 다 해줄 테니까 무조건 가자. 니 원하는게 뭐꼬?"

역시 마음씨 좋은 기현이가 최종적으로 단호하게 말했다. 기현이까지 가세하자 성표는 더 이상 버틸 수 없었다. 아니 더 이상 귀찮아서 한번 따라가 주기로 했다. 분명 주희는 없을 테니까.

둘리스의 원티드 음악이 흐른다. DJ 박스 안에는 외모상으로 도저히 DJ라고 할 수 없는 DJ가 율동에 몸을 흔들며 앉아 있다. 유난히도 목에 두른 스카프, 아니 손수건이 눈에 띈다. 못 생긴 얼굴을 커버하기 위함 일게다. 복장도 조화롭지 못한 알록달록이다. 시골 사람이 도시에 나갈 때 꿀리지 않으려고 티나게 입는 것처럼. 음악이 끝나고 DJ가 마이크를 잡았다.

"오늘도 봉산 만두를 찾아 주신 여러분께 감사의 말씀 드립니다. 좋은 음악과 좋은 만두, 그리고 쪼은 DJ가 혼연일체가 되어 여러분

곁을 지켜 드리겠습니다.”

와우 목소리는 정말 DJ다. 마치 쑈 2000의 이덕화 같다. 적당히 굵으면서도 낮게 깔리는, 조금은 여심을 흔들어 놓을 듯한 바리톤의 음색이다. 근데 그놈의 외모 때문에 여심이 움직일지는 알 수 없다.

봉산 만두는 태봉 만두와 함께 김천에 딱 2개 밖에 없는 만두집이다. 말이 만두집이지 거기에서는 팥빵과 곰보 빵, 고구마 맛탕, 삶은 소라, 병에 든 따뜻한 우유, 유부처럼 생긴 건더기 하나를 띄운 따뜻한 콩국도 팔았다. 턱~별히 돈까스도 준비되어 있다. 여기서 돈까스가 중요한 것은 인근의 학생들 뿐만 아니라 가끔 가족들이 ‘한번 칼질’ 하러 올 수 있게 하는 유일한 품목이기 때문이다. 미국 것이면 최고이던 그 시절에 미국 싸람처럼 칼로 썰면서 식사를 할 수 있다는 것은 가문의 영광쯤으로 여겨졌다. 특히 시골에서는 더 했다. 하여 만두집은 학생들 사교의 장이요, 가족들 잔치의 장이면서 품격 있는 음악을 들을 수 있는 훌륭한 음악 감상실이었다. 이 품격을 덧칠하기 위해 알록달록이 DJ를 고용했는데 그 결과는 글쎄…

음악이 바뀌어 시나 이스턴의 모닝 트레인이 흘러나온다. 문이 열리면서 음악만큼이나 경쾌한 발걸음으로 놈들이 나타났다. 탈락 놈들의 대장격인 준성이가 잽싸게 테이블 하나를 차지했다. 나머지 떨거지들도 줄줄이 사탕처럼 차례로 테이블에 앉았다. 준성의 눈은 만나기로 한 여고생들을 찾기 시작했다.

"아직 안 왔네. 가시나들 일부러 늦게 오는거 아이가? 비싸게 보이려고."

준성이는 피식 웃으며 엽차를 시켰다. 차가 나오자 탈락 놈들은 기다렸다는 듯이 일사분란하게 들이켰다. 10분이 지나고 20분이 지나고 좀만 있으면 1시간이 다 될 지경이다. 눈을 흘기며 엽차를 나르던 아줌마가 이제 막 한마디 할 테세다. 이를 인터셉트하듯 준성이가 잽싸게 주문을 넣었다.

"아줌마 여기 납작 만두 2개랑 군만두 2개 주이소."

아줌마가 또 한 마디 할 기세다.

"아 아 알았어요. 5인분 시켜야 된다 이거죠? 야들아 니들 뭐 먹을래?"

그제서야 탈락 놈들에게 메뉴 선택권을 인심 쓰듯 준다. 성표가 넬름 외쳤다.

"고기만두!"

탈락 놈들은 어이없어 마주 보고, 웃겨서 마주 본다.

김이 모락모락 나는 고기만두가 누군가의 포크에 낚여 입속으로 들어간다. 성표다. 예술품 감상하듯 성표의 입놀림은 예술이다.

"그나저나 이 가시나들 와 안오노? 준성이 니 단디했나? 지금이 몇시고 말이다."

욕심쟁이 광필이가 한입 가득 만두를 머금고 불만을 토했다.

"야 우리 바람 맞은 거 아이가? 준성아 우째 된 기고?"

주보가 거들었다. 착한 기현이는 그저 납작 만두를 오물거리며 준성를 쏘아 본다. 아마 기현이도 이 대목에서는 착하기만 한 것은 아닌 것 같았다.

"아이다. 분명 여기가 맞는데. 이 가시나들이 약 먹었나? 와 안 오노?"

하며 탈락 놈들의 집중포화를 피하려 한다. 그 사이 접시 하나가 비었다. 고기만두였다. 성표가 깔끔히 해치운 것이다. 가시나들이 오든 말든 성표의 관심은 오로지 고기만두에 있었다. 꺼억 꺼억 트림이 나왔다. 심지어 하품도 나왔다.

"아 저 새끼."

고기만두를 하나도 못 먹었다는 불만도 불만이지만 조직의 공동 목표에 동참하지 않는 성표가 꼴 보기 싫었다. 탈락 놈들에겐.

"신청곡 나갑니다. 햇살 짱짱한 오늘, 저~어쪽 멋진 남학생들과 같이 보니 엠의 리버 오브 바빌론을 듣고 싶어요. 부타악~~해요. 마실 나들이 온 다섯 공주로부터."

"와우 멋진 사연 멋진 곡을 신청해주신 이~이쪽 다섯 공주님들께 감사드리며 보니 엠의 리버 오브 바빌론 나~갑니다~."

알록 달록이 DJ는 완전 이덕화다. 만두집을 쇼 2000 무대로 만들 요량으로 신이 났다.

멘트를 들은 탈락 놈들은 귀가 쫑긋 섰다.

"야 야 이거 뭐꼬? 분명 우리한테 하는 소리 아이가? 맞제?"

눈치 빠른 준성이가 사태 파악에 나섰다.

"어 그래. 맞는 것 같다. 저 봐라. 저짜 가시나들이 우리를 보고 있잖아."

모두들 광필이가 보고 있는 방향으로 눈살을 날렸다. 정말이었다. 언제 왔는지 저쪽 한쪽 구석에 여고생 다섯이 모여 앉아 있고, 그중 한두 학생이 탈락 놈들을 힐긋 쳐다보고 있었다. 얼굴을 식별하기엔 약간 먼 거리여서 외모보단 여학생이라는 것 자체가 중요했다.

"오케바리. 꿩 대신 닭이라고 가들 기다리지 말고 자들 하고 엮어보자. 그럼 우리도 가만있을 수 엄지. 답신을 날리자. 저 가시나들한테 음악 날려보자. 그럼 확실히 알 수 있겠제."

준성이는 신청곡 용지에 뭔가를 쓰기 시작했다.

"태양이 이글거리는 오늘, 우리의 불타는 마음을 담아 저~어쪽 다섯 공주님들과 올리비아 뉴톤 존의 피지칼을 같이 듣고 싶어요. 태양의 다섯 왕자로부터."

"우후 역사가 이루지려 합니다. 다섯 공주와 다섯 왕자가 서로 눈 맞추기 시작했어요. 봉산 만두는 오늘부로 역사의 현장이 됩니다. 공주님, 왕자님 잘 되길 부우탁~~해요. 피지칼 나갑니다."

알록 달록이 DJ는 인류의 역사적 한순간을 목도한 것처럼 생 호들갑을 떨었다.

흥겨운 댄스 음악이 만두집을 들었다 놨다 하는 동안 경쾌한 발걸음이 다섯 공주들을 향했다. 준성이다. 바람 맞은 걸 보상 받으려는 듯 다섯 공주 진영으로 거침없이 돌진이다. 준성이가 공주들에게 뭔가 숙덕이는 것을 탈락 놈들은 자신들의 진영에서 지켜보고 있었다. 순조롭게 일이 진행되고 있음을 멀리서도 감지할 수 있었다. 준성이의 넉살 좋은 웃음이 흘러나오는 것을 보고. 아니다 다를까 보무도 당당하게 돌아온 준성은 어깨에 잔득 힘을 주고,

"모두들 나를 따르라. 계산은 내가 한다."

오잉 니가 웬일이냐는 듯 탈락 놈들이 준성이를 쳐다본다. 근데 준성 왈,

"계산만 내가 하고, 돈은 광필이가 낸다. 됐나?"

그럼 그렇지 하며 탈락 놈들은 모두 광필을 다시 쳐다보았다. 탈락 놈들은 핑퐁 게임 관람하듯 준성과 광필을 번갈아 쳐다보았다.

"알따. 내가 내꾸마. 대신 준성이 니 앞으로 단디해라이."

똥 씹은 얼굴이 된 광필이가 결국 졌다.

만두집을 나온 탈락 놈들은 좀 전의 상황이 어찌 된 심판인지 궁금해 죽을 지경이다.

"야 준성아 지금 어디 가노?"

"그라고 가들이 뭐라 카더노?"

"가시나들 예쁘더나?"

"가들 와 우리한테 추파 던졌다 카더노?"

"가시나들 노는 애들 아이가?"

"우면 여고 맞나?"

"성주나 점촌에서 넘어온 가시나들 아이가?"

질문 공세가 다연발 로켓처럼 날아왔다. 대체 누가 무슨 질문을 했는지 알 수 없었다. 그만큼 탈락 놈들은 궁금했고 마음이 급했다. 물론 성표는 저 뒤에서 무심한 듯 그냥 따라오고 있었다. 준성의 발걸음은 완전 왕의 거동이 되었다. 이젠 어깨 뿐만 아니라 목에도 힘이 들어갔다.

"음 모처에서 다시 만나기로 했으니까 그냥 따라 온나."

위엄 있게 딱 한마디만 던졌다. 탈락 놈들이 아무리 물어봐도 대꾸도 하지 않았다. 준성이 뒤를 졸졸 따라가며 탈락 놈들이 뭐라 얘기하는데 왕이 된 준성은 미동도 하지 않았다. 당연히 탈락 놈들은 신하가 되었다. 김천 시내를 걸어가는 놈들을 보면 완전 왕과 신하의 행차다. 고기만두로 배채운 성표만 빼고.

"바로 여기다. 여서 가들 만나기로 했다."

중앙공원에 다다른 준성이가 에베레스트 정상에 올라온 사람처럼 일갈했다.

"정말이제? 가들 분명 오제? 니 안왔다간 죽을 줄 알아라이."

돈을 낸 광필이가 세금 걷는 수금원처럼 의무를 다할 것을 윽박했다. 이윽고 저어~쪽 멀리서 기분 좋은 기운이 느껴졌다. 드디어 공주님들이 납시었다. 탈락 놈들은 갑자기 말이 없어졌다. 저마다의 이유로 견적을 내기 바빴기 때문이다. 누구를 파트너로 할 것인지 발끝부터 머리끝까지 훑고 있었다. 딱 한 사람 빼고. 이 와중에도 초연한 분은 바로 성표다. 배도 부르고 뭐 하나 아쉬울 것이 없었다. 성표는 아예 공주들을 볼 생각은 하지 않고 공원 이곳저곳에 눈길을 주고 있었다. 나무들이며 동상이며 건축물이 성표와 눈 맞춤하고 있었다.

"어 여기야. 공주님들."

준성이가 팔을 들어 환영했다. 공주님들은 태양의 왕자님들 곁으로 사뿐사뿐 다가왔다. 탈락 놈들은 너나 할 것 없이 입이 헤 벌어졌다. 공주님들도 겉으론 살짝 수줍은 듯 했지만 맘속으론 입이 벌어지긴 마찬가지였다. 이성을 향한 자연스러운 몸짓, 여느 동물들의 짝짓기와 다르지 않았다.

멀뚱거리며 서 있던 성표는 놈들의 벌어진 입을 보고 궁금해졌다. 대체 어떤 애들이길래 놈들이 저 난리고? 눈길을 공주님들께로 돌린 성표는 갑자기 대낮보다 더 대낮이 된 희한한 체험을 했다. 아니 대낮에 섬광이라도 때린 듯 어떤 아이 주변에 말로 설명할 수 없는 밝은 빛이 퍼져 나가고 있었다. 당연히 공주님들과 탈락 놈들은 그 빛에 흡수되어 형체를 찾을 수 없었다. 탈락 놈들과 공주님들이 짝을 찾아 서로 도킹하는 것이 슬로우 비디오로 보이는가 싶더니 이

내 빛 속으로 사라져 버린 것이다. 모든 것이 사라진 그 자리에 한 아이만 또렷이 보였다. 그 아이가 빛의 진원지임을 성표는 담박에 알아차렸다.

그 아이는 바로 주희였다.

그 주희가 얇은 미소를 지으며 성표를 바라보고 있는 것이 아닌가? 성표는 자신의 눈이 의심스러워 감아도 보고 비벼도 봤다. 분명 주희였다. 성표는 꼼짝할 수 없었다. 그토록 그리던 주희를 눈앞에 두고 있다니.

어릴 적 쟁기 끌다 숨어서 봤던 그 주희,
신작로의 자전거 불빛을 타고 함께 하늘을 날았던 그 주희,
서울대 캠퍼스를 손잡고 수 도 없이 걸었던 그 주희,
성적표를 볼 때 마다 아로 새겨지던 그 주희가

바로 코앞에 서 있다니.

성표는 숨도 쉴 수 없었다.

주희로부터 나온 밝은 빛은 성표에게로 넘어와 이제 두 사람만이 그 빛 속에 서 있었다.

얼마나 시간이 흘렀을까?

"야 야 니들 뭐하노? 서로 인사해야지."

준성이가 그 찬란했던 빛에 끼어들자 그 빛은 순식간에 사라져 버렸다. 두 사람을 제외한 다른 공주와 왕자들은 서로 통성명을 한 것 같았다. 성표도 얼떨결에 공주들에게 인사를 했다. 주희는 미소를 지우지 않고 짧은 목례로 왕자들에게 답했다. 여전히 눈길은 성표에게서 거두지 않은 채로. 성표도 마찬가지였다. 주희 이외에는 무수리에 불과했다. 왕의 눈길 한번 받지 못하는 궁정의 무수리.

"어 어 이 분위기 뭐꼬? 뭐꼬? 너거들 지금 뭐 하는 거고?"

눈치 빠른 준성이가 또 끼어들었다. 하지만 눈치 둔한 다른 왕자들은 자신의 짝을 찾느라 분주했다. 두 사람에게는 관심조차 없었다.

"자 자 여서 이렇게 아니라 우리 저짜 벤치 가서 앉자."

준성이가 앞장섰다. 이제 준성이는 왕의 풍모가 아니라 뚜쟁이로 전락했다. 아까 놈들을 이끌고 올 때와는 완전 딴판이었다. 놈들이 공주들에게 집중하는 관계로 준성이는 안중에도 없었다. 그러거나 말거나 준성이는 맡은 바 소임을 다하기 위해 무리를 이끌고 벤치로 향했다.

멀리서 바라본 벤치의 풍경은 참으로 아름다웠다. 여기 나오기 전까지만 해도 사각 벽에 갇혀 입시전쟁을 치루는 불쌍한 청춘들이었다. 하지만 지금은 교실을 나와 각자의 꽃을 찾아 이리저리 눈길을 옮기는 벌들의 향연, 이는 분명 아름다운 자연 그대로의 모습이었다. 벤치로 좀 더 다가가자 누군가의 열변이 들렸다. 의외로 광필이였다. 준성이가 아니었다. 광필은 원래 만나기로 했던 애들에게 바람맞은 이야기며 여기까지 오게 된 과정을 침 튀기며 토하고 있었다. 만두집에서 자신이, 계산이 아니라, 돈을 냈다는 말도 자랑스럽게 첨언하면서. 공주님들은 별로 재미있지도 않은 이야기에 호호호 깔깔깔 거리며 격한 반응들을 보였다. 아마 그 웃음은 나름 눈여겨 봐둔 왕자에게 잘 보이기 위한 선제공격이리라. 배불록이 주보도 뭔가 해야 할 것 같긴 한데 뭘 해야 할지 몰라 배만 스다듬고 있었다. 하여 공주들과 똑같이 하하하 껄껄껄 거리며 배 위에 올려진 손으로 장단을 맞추었다. 기현이도 슬쩍 눈치를 보다가 갑자기 노래를 뽑기 시작했다.

'사랑의 기로에 서서 슬픔을 갖지 말아요오오…
아무리 아름답던 추억도 괴로운 이야기로오오…
그래도 내게는 소중했떠~어어어~언 그날들이…'

한껏 바이브레이션을 집어넣고 그와 비례해 눈꼬리가 막 올라갔다. 공주들도 난리가 났다. 박수치고 배 잡고 웃느라 정신없었다. 그 착하디 착한 기현이가 김수희를 만나면 저렇게 돌변했다. 지가 가진 장점을 한껏 뽐냈다. 준성은 이런 놈들의 반응에 놀랐다. 그러나 충분히 이해할 수 있는 일이었다. 성표도 평소와 달랐다. 그런데 오히려 더 말이 없어졌다. 몸짓과 말짓이 뻣뻣했다. 무리에 잘 섞이지 못했다. 준성은 왜 성표가 그런지 알 수 있었다. 아까 그 눈빛 교환을 목도했기 때문이다. 준성이는 뻣뻣한 성표를 풀어주기로 작정했다.

김수희의 멍에에 푹 빠진 기현이를 옆으로 툭 밀쳐내고 준성이가 나섰다. 공주들을 향해

"야 니네 학교 짱이 누구고? 공부로 말이다."

갑작스런 질문에 공주들은 서로 얼굴을 마주 봤다. 대답할 틈도 안 주고

"없나?"

준성이가 약간 뜸을 들인 후에 말했다.

"너거들 영광인줄 알거래이. 여기에 우리 학교 짱이 왔다카이. 지금까지 한번도 1등을 놓친 적이 없다. 절마 바로 김성표다. 함 봐라."

모든 시선이 성표를 향했다. 공주들은 정말 짱인가 싶어 봤고, 놈

들은 갑작스런 준성의 돌출행동에 놀라서 봤다. 성표는 얼굴이 빨개졌다. 동시에 우쭐해졌다. 나의 비밀병기를 준성이 저놈이 꺼집어 내주다니 고마울 따름이다. 것도 주희 앞에서.

공주 진영에서 말자가 나섰다.

"야 너거들만 있는 줄 아나? 우리도 왔다. 맨날 전교 1등 먹는 짱이 여기 있다카이. 설주희 자다."

놈들의 시선이 주희에게로 쏠렸다. 얼굴도 이쁜데 공부도 짱이라니. 그동안 다른 공주에게 주었던 시선을 거두고 모두 주희에게로 돌렸다. 논물 대듯. 성표만 예외였다. 주희가 전교 1등 한다는 사실을 알고 있었고, 서울대 가려 한다는 것도 알고 있었다. 그뿐이랴. 장장 10년 넘게 주희만 생각했는데 놈들은 쨉도 안됐다. 하여 주희를 바라보는 성표의 시선은 질적으로 양적으로 놈들과 달랐다. 놈들과 공주들은 그 차이를 조금씩 눈치채기 시작했다. 자신들과 클래스가 다른 짱들이 주고받는 시선을.

성표와 주희, 두 사람은 자연스럽게 엮어졌다. 놈들과 공주들에 의해. 그들 또한 서로 짝을 찾아 눈을 맞추고 있었다. 그러나 성표와 주희처럼 대놓고 짝짓기를 하지 못했다. 클래스가 달랐으므로. 성표는 그들의 시선을 의식하며 조심스럽게 주희에게 말을 걸었다.

"있제… 나… 김성표데이."

"알고 있다. 니 이름."

기다렸다는 듯이 주희가 불쑥 내뱉었다.

"우째 내 이름을…."

성표는 당황 반 기쁨 반이 되어 또 한 번 빨개졌다. 사실 주희는 성표가 쟁기 끌던 때부터 알고 있었다. 소가 되어 논일을 할 때 주희가 먼저 성표를 봤다. 논에서 사람이 쟁기를 끄는데 어찌 안 볼 수 있었겠는가? 게다가 갑자기 쟁기를 버리고 튀어서 숨는데 더욱 주목받을 수밖에. 저격수가 되어 성표 혼자서만 훔쳐봤다는 생각은 성표만의 착각이었다. 그때부터 주희는 소가 된 성표의 마음을 엿보기 시작했다. 학교 다닐 때도 마실 지나갈 때도 성표의 시선이 자신을 향하고 있음을 느꼈다. 성표가 마음을 들키지 않으려고 언제나 숨어서 지켜보고 있다는 사실을 알고 있었다. 주희는 10년 넘게 그런 성표를 봐왔다. 그것이 낙엽처럼 켜켜이 쌓이다 보니 자연스럽게 성표에게 마음이 다가섰다. 다만 여자인 관계로 먼저 발설할 수는 없는 노릇이었다. 근데 오늘, 것도 우연히, 것도 미팅이라는 공식적인 이벤트를 통해서 성표를 마주하게 되니 빨개진 성표 얼굴만큼이나 주희의 마음도 불구수레 해졌다. 얼마나 시간이 흘렀을까? 성표와 주희를 중심으로 피 끓는 청춘들이 향연 해내는 짝짓기의 열기는 하늘마저 붉게 물들이며 아름다운 저녁 풍경을 연출해내고 있었다.

그날 밤 성표는 잠을 이룰 수 없었다. 세상이 이렇게 아름다울 수가 없었다. 보이는 모든 것이 사랑스럽고 들리는 모든 것이 세레나데였다. 무심히 지나쳤던 방울토마토의 초록색 민낯도, 작게 맺히기 시작한 고추 몽우리와 가지들도 새삼 소중해지기 시작했다. 7월의 자연이 작은 결실을 가져다주기 시작한 성표 집 마당의 작물처럼 성표의 사랑도 조금씩 열매를 맺는 것 같았다. 더불어 이런 아름다운 결실을 축복이라도 하듯 밤 풀벌레들이 찌르륵 찌르륵 울어 대고 있었다. 심지어 라디오에서 흘러나오는 '별밤'의 사연과 노래들은 모두 성표의 이야기 같았다. 이래저래 잠 못 드는 밤이었다.

미팅 2

몇 밤이 흘렀을까? 성표는 다시 주희를 마주했다. 당연히 놈들과 공주들은 병풍처럼 두 사람 곁을 지키고 있었다. 최소한 성표는 그렇게 느꼈다. 성표의 눈에는 주희만 보였기에 그들은 포커스 아웃된 주변인에 불과했다. 그들도 나름의 눈빛 교환을 통해 그들만의 스토리텔링을 하고 있음을 성표는 몰랐다. 아니 관심도 두지 않았다. 어쨌든 왕자와 공주들은 이번엔 인근 전문대 캠퍼스를 깔깔거리며 걷고 있었다. 준성이는 이미 누군가를 업고 있었다. 그동안 무슨 일이 있었는지 말자와 짝이 되어 있었다. 참으로 캐릭터는 통하는가 보다. 각 진영의 뚜, 발발이, 기수, 촉새로 말이다. 한편 단 한 번의 만두값 계산으로 지금의 조직 결성에 지대한 공이 있는 광필은 영옥이의 어깨에 손이 닿았다 말았다 하고 있었고, 주보도 역시 진도를 좀 뺐는지 해숙이의 손을 잡을랑 말랑 하고 있었다. 기현이만 애자와 말만 섞고 있었는데, 대낮이지만 이들 모두 자전거의 불빛이 비쳐주는 한 쌍의 반딧불이처럼 아름다웠다. 성표가 어릴 적 봤던 것과 같은.

"성표야 니 대학 어디 갈거니? 당연 서울대 갈거지?"

주희의 난데없는 물음에 성표는 당황했다. '야가 와카노? 내가 서울대 목표하고 있는거 우째 알았을까?' 성표는 예의 또 빨개졌다. 고기 먹기 위해 서울대 가려 한다는 사실과 주희의 손을 잡고 캠퍼스를 걷고 싶은 마음, 이 둘 다를 들킨 것 같아 성표는 답을 할 수 없었다.

"니 지금 성적이면 서울대 갈 수 있잖아. 나도 서울대 갈건데…."

주희는 무심히 말했다. 그러나 성표는 그 말이 폐부에 꽂혔다.

'지금 자는 나랑 서울대 댕기고 싶은 기라. 나캉 같이 가자고 꼬득이고 있는 기라. 어매 좋은 거. 주희랑 같이 캠퍼스도 걷고. 아이다. 어짜면 주희랑 단 둘이서 고기도 같이 묵을 수 있을 끼다. 서울대에서. 그래 당연 서울대지. 반드시 서울대 갈끼다.'

성표는 이 말을 가슴에 새기며 눈에 힘을 주어 주희를 바라보았다. 근데… 근데… 주희의 눈빛은 무심하기 그지 없었다. 니가 전교 1등 먹고 있으니 서울대 가는게 맞는거 아이가? 뭐 이정도의 뜻으로.

주희는 성표가 고기 때문에 서울대 가고, 주희 자신과 함께하기 위해 서울대를 목표로 하고 있다는 사실을 알 턱이 없었다. 다만 성표가 참 좋다는 사실을 숨길 수는 없었다. 어릴 적부터 자신을 주시하던 이성에 대한 호기심이 18살 소녀에겐 호감으로 바뀌었고, 이 기분이 사랑인지는 잘 모르겠지만, 여하튼 성표가 오래된 친구처럼 따뜻했고 뭐든 다 말할 수 있을 것 같았다. 특히 천진난만한 눈빛이 주희의 맘을 설레게 했다. 성표가 들으면 뭐한 이야기지만 소의 눈빛을 닮아서 좋았다. 사심 없고 때 묻지 않은 맑은 소의 눈빛. 주희는 이것만은 성표에게 비밀로 하기로 했다. 혹시 성표가 소에 대해 콤플렉스가 있을 수도 있을 거라 생각했다. 어릴 적 성표가 소 대신 쟁기를 끌었고, 그걸 자신에게 감추려 했단 것을 주희는 잘 알고 있기 때문이다.

"어… 그래. 나 서울대 갈끼다. 니도 서울대 맞제?"

힘준 눈빛을 거둔 성표가 소의 눈빛으로 말했다.

"응. 아빠도 서울에 계시고 엄마도 건강이 많이 좋아지셔서 아마도 서울서 학교 다닐 것 같애. 지금 성적으로 봐선 서울대 갈 수 있을 것 같다."

주희가 씽긋 웃으며 화답했다.

"오케바리. 고럼 우리 서울대 동기가 되는 기네. 와우 생각만 해도 쥑인다 그자?"

하며 성표가 그림을 그렸다. 서울대 캠퍼스를 나란히 걷고 있는 두 사람을.

성표와 주희, 둘은 서울대 캠퍼스를 나란히 걷고 있다. 손을 잡고. 근데 다른 손에는 뭔가 들려 있다. 까만 봉지다. 성표가 하나, 주희가 하나. 코 벌렁이는 성표의 표정을 보아하니 봉지 속엔 분명 고기가 들어 있다. 검은 봉지가 갑자기 커지는가 싶더니 심지어 번개탄 불꽃이 튀며 고기가 구워지기 시작했다. 고기 익는 자욱한 연기를 따라 올라가니 성표와 주희의 커다란 입, 벌렁이는 코, 동공 팽창한 눈이 보인다. 둘이 쳐다보다가 갑자기 100미터 스타트 하듯 폭풍흡입하기 시작한다. 순식간에 없어지는 고기 위로 새로운 고기가 채워지는데 이건 뭐 완전 컨베이어식 자동시스템이다. 불꽃도 로켓 꽁무니로 변하고 아예 불판이 하늘 위로 날기 시작한다. 더불어 성표와 주희도 불판과 함께 하늘을 날며 폭풍흡입은 계속된다. 이제 둘은 서울대 캠퍼스 상공에서 그들만의 공간을 내려다보며 즐겁게 씹고 있다. 고기를… 얼마나 올라가며 먹었을까? 배가 터질듯 부풀더니 갑자기 펑 소리를 내며 로켓 꽁무니가 꺼지고 둘은 낙하하기 시작했다. 아 아 아 낙하 가속도가 붙으며 땅에 처박히면서 이마에 불꽃이 번쩍였다. 옆에 있던 주희는 깜짝 놀랐다. 동시에 배를 잡고 웃기 시작했다. 성표가 앞에 있던 소나무에 갖다 박았기 때문이다.

"야 니들 거서 뭐하노? 빨리 온나."

멀리서 준성이가 소리쳤다. 놈들과 공주들은 아름다운 캠퍼스 연못가에서 오리처럼 놀고 있었다. 깔깔깔 호호호 거리며 연못가 풀숲에 떠 있는 귀엽고 상큼한 오리들. 누가 봐도 빛나는 청춘들이었다.

돈까스

"야 이거 우째 먹노?"

장 프랑소아 모리스였던가? '모나코'의 감미로운 음악 소리를 뚫고 거친 사투리로 성표가 일갈했다. 이제 막 나온 돈까스를 앞에 두고 어찌해야 할지 몰랐다. 먹는 방법을 몰라서이기도 했지만 아깝기도 했다. 이 귀하디 귀한 고기를 어떻게 먹는단 말인가? 입에 넣어서 빨아 먹을까? 아님 고이 가져가서 책상 위에 모셔두고 눈 빠질 때까지 봤다가 아껴 먹을까? 성표는 만 가지 생각에 감히 칼질을 할 수 없었다. 멈칫거리고 있는 놈은 성표뿐만이 아니었다. 기현과 주보도 그랬고 그 앞의 공주들도 그랬다. 포크와 칼을 잡긴 잡았는데 왼손 오른손 중 어느 손에 칼을 잡고 포크를 잡아야 할지 알 수 없었다. 하여 고개만 숙이고 당황스러움을 감추고 있었다. 다만 부잣집 아들인 광필만이 의기양양했다.

"너거들 돈까스 처음이제? 지금부터 내가 한 수 갈켜 주게. 먼저."

"먼저 칼을 오른손에 든다." 갑자기 광필을 재끼고 준성이 치고 나왔다.

"야 너…."

"광필이 닌 됐고. 자자 너거들 다 칼 잡아봐라."

어벙벙해진 놈들과 공주들은 어쨌던 준성이가 하라는 대로 하기 시작했다.

"옳지 옳지. 그라고 포크는 왼손에."

좌중은 서로 눈치를 보며 촉새 교관의 말을 따랐다.

"자 이번에 포크로 고기를 지그시 눌러 주고, 칼로 부~드럽게 아주 보다랍게 잘라 봐라."

또 좌중은 준성이가 시키는 대로 칼질을 했다. 근데 그 모습이 일사불란했다. 서로 짝지어 앉은 청춘들은 마치 훈련병처럼 절도 있게 조심스럽게 칼질을 해대기 시작했다. 그러나 군대에만 고문관이 있는 게 아니었다. 성표는 차마 칼을 갖다 댈 수 없었다. 머뭇거리고 있는 성표에게 주희가 슬쩍 눈치를 줬다. 칼로 성표의 접시를 톡톡 쳤다. 그러자 정신이 번쩍 든 듯 성표는 주희가 하는 대로 고기를 썰기 시작 했다.

"고래 바로 그거야. 아따 잘 하네. 니들 모습이 참 아름답다."

흐뭇해 하는 준성의 표정에 말자는 정신이 나갔다.

'아이고마 저 머시마 디게 머싯네. 언제 돈까스도 먹어봤노? 내가 사람 하나는 잘 골랐제.'

말자는 그런 준성이를 지긋이 바라보았다. 온갖 사랑의 신호는

다 담아서. 근데 누군가가 온갖 질투와 미움의 신호로 준성을 째려보고 있었다. 바로 광필이다. 자신이 할일을 촉새 저놈이 다 뺏어서 하고 있으니 속이 터질 지경이다. 해서 광필은 벌써 돈까스를 한입 가득 씹어 째끼고 있었다. 준성이를 씹듯이.

준성은 광필이가 그러거나 말거나 말자에게 쓴 윙크를 날렸다.

'내 니 뜻 다 안다. 내 머싯제? 크크.'

'고럼. 니 댓낄이다. 준성아.'

말자가 준성에게 하트 모양의 윙크로 화답했다. 눈으로 하트모양이 가능할지 모르겠지만 준성은 그 하트를 받은 모양이다. 교관 본연의 임무로 돌아왔으니 말이다.

"자자 이제 썬 고기를 묵어야제. 너거들 막 무면 안된데이. 그래도 이게 양식이잖아, 한식이 아이고. 그라고 이 음악 함 들어봐라. 프랑스 말 들리제? 최소한 이 정도의 품위는 지켜야 한데이. 가능한 한 우아하고 멋있게. 똥폼은 다 잡아야 된데이. 자 함 해봐라."

좌중은 갑자기 술렁댔다. 어떤게 우아한 건지, 뭐가 멋있는 건지, 한번도 해보지 않았기 때문이다. 그리고 모나코 음악과 준성이 지가 쓰는 사투리가 어울린다고 생각하나 싶어 헷갈리기도 했다. 그래도 각자 똥폼을 잡기 시작했다.

말자는 먼저 나서야 한다고 생각했다. 멋있는 교관의 짝으로서 솔선수범해야 했다. 목에 감은 야시꾸레한 색깔의 스카프를 왼손으로 최대한 천천히 넘겼다. 손에 힘을 빼고, 우아함의 극치에 이를 수 있도록. 그리고 나서 돈까스가 아프지 않게 보다랍게 최대한 소프트하게 포크로 고기를 찔렀다. 아니 포크를 슬쩍 갖다 댔다는 편이 맞을 것이다. 그리하여 포크에 낚인 고기를 품위의 극치에 다다를 수 있도록 온 정신을 집중하여 입으로 가져갔다. 근데 웬일인지 말자의 자태는 흐르는 음악과는 전혀 어울리지 않았다. 오히려 판이 될 지경이다. 단지 개 똥폼의 극치일 뿐이었다. 나머지 공주들, 영옥, 해숙, 애자도 노력은 가상하지만 말자의 수준을 벗어나지 못했다.

놈들도 교관 준성의 지시를 따르긴 해야 할 텐데 잘 되질 않았다. 단지 기현이는 평소보다 좀 더 예의 바르게 먹었다. 턱을 땡기고 허리는 곧추세워 팔의 각도를 유지하면서 돈가스에 대한 예우를 다했다. 주보는 튀어나온 배를 최대한 집어넣고 얼굴 가득 미소를 담아 품위를 유지하려 했다. 근데 그게 어찌나 어색한지 공주들의 개 똥폼과 묘하게 잘 어울렸다. 광필이는 준성이가 주도하는 이 판에 낄 생각도 없었다. 해서 벌써 광필의 접시는 텅 비어 있었다. 준성이를 씹어 먹느라 돈까스가 남아있질 못했다. 광필은 언제부턴가 지금 벌어지고 있는 광경을 쭈욱 지켜 보고만 있었다. 사시 눈을 하고.

성표는 아직까지도 망설이고 있다. 먹어야 할지 말아야 할지. 준성의 말과 공주와 놈들의 작태, 광필의 질투, 이 모든 게 눈에 들어오질 않았다. 오로지 고기와 대면한 지금, 요거를 어떻게 할지 고민에 빠졌다. 한꺼번에 이렇게 큰 고기를 접한 것이 처음이었을 뿐만 아니라 늘 고기에 고팠던 지난날이 떠올라 울컥하기까지 했다. 이래저래 상념에 잡혀 있는 그 찰나에 갑자기 놈들의 대공세가 시작됐다. 벌써 자기 몫을 다 해치운 놈들이 성표의 접시를 공략하기 시작했다. 정말 1초도 안돼 고기가 다 사라졌다.

"야 야 너거들…."

성표는 망연자실했다. 우째 또 이런 일이. 중학교 때 바로 중학생 때의 그 사태가 똑같이 재현되고 있었다. 고기 한 점 못 먹고 꼰대에게 주 터졌던 바로 그 일 말이다. 성표는 참 바보였다. 어찌 역사에서 교훈을 얻지 못했단 말인가? 고기 앞에선 절대 주저 해서는 안된다는 사실을.

바람둥이 선서

교실 안이 쥐 죽은 듯 조용하다. 대역 죄인이 된양 학생들은 고개를 들지 못했다. 교탁 앞에 선 담탱이도 입을 굳게 다물고 있다. 성표와 놈들은 유별나게 더 고개를 숙이고 있다. 이윽고 담임이 말문을 열었다.

"우리 반이 이번 기말고사에서 또 1등 했다. 너거들 축하한데이."

묘한 표정으로 나지막이 말씀하시는 담탱이가 좀 이상했지만 그래도 1등이라는 말에 2학년 12반 학생들은 잠시 눈치를 보는가 싶더니 책상을 치며 환호성을 올렸다. 담임은 기가 찰 노릇이었다.

"이놈의 새끼들 조용히 안하나!"

담임은 소리를 꽥 질렀다. 교실은 갑자기 또 한번 쥐가 죽었다.

"너거들 분위기 파악 그래 안되나? 1등은 1등인데 그 앞에 1이 하나 더 붙었다. 11등이다 말이다. 13반 중에 늘 1등을 했는데 이번엔 11등이다. 와 그런줄 아나? 바로 가시나 바람이 불어서 그렇다. 너거들 와 갑자기 미팅을 해 대고 그라노? 그것도 한 두 놈이 아니라 자그마치 43명이 미팅하고 자빠졌네. 68명 중에 반 이상이 정신 나간 짓을 하고 있다. 미팅 팀만도 8팀이다. 너거들 발정났나? 어이?"

학생들은 담임의 다그침에 어찌할 바를 몰랐다.

"너거들 이제 우짤낀데? 좀 있으면 3학년인데 대학은 가겠나? 입이 있으면 말 좀 해봐라 이놈의 새끼들아!"

담임은 교탁을 치며 목소리를 점점 높였다. 동시에 학생들의 얼굴은 점점 더 책상에 붙었다.

사실 담임은 반 분위기가 이상하고 반 전체 성적도 떨어지고 해서 몇몇 놈을 불러 은밀히 개별 취조를 했다. 그중에 성표도 포함되어 있었는데, 다른 놈들은 무슨 비밀요원처럼 절대로 비밀을 밝히지 않았다. 그러나 성표는 달랐다. 소처럼 선한 눈을 가진 성표는 마음도 소 같아서 미팅 이야기를 미련스럽게 솔직하게 구체적으로 다 이야기했다. 여학생을 만난 것이 그리 큰 죄가 아니라고 생각했고, 그것 때문에 성적이 떨어질 리도 없다고 생각했기 때문이다. 근데 사태가 이렇게 커질 줄 몰랐다. 아니 이렇게 많은 놈들이 공주들을 찾아 헤맬 줄은 몰랐다. 소처럼 착한 성표는 담임의 말씀을 그대로 따르기로 했다. 대표로 나서서 미팅을 하지 않겠다는 선언을 하기로. 일명 바람둥이 선서를. 담임의 입장에서도 성표가 안성맞춤이었다. 전교 1등을 놓치지 않는 모범생인데다가 이번 사건에 깊숙이 연류되어 있어서 성표가 나서준다면 미팅 바람은 어느 정도 잠재울 수 있을 거라 생각했다. 성표가 바람둥이들의 대표주자가 된 셈이다.

"김성표 앞으로."

담임은 약속대로 성표를 불러 세웠다. 성표는 아무렇지 않게 당당히 교탁 앞에 섰다. 좌중을 한 번 휘 하니 둘러본 다음에 곧바로 준비한 것을 꺼내 들었다.

"바람둥이 선서!"

갑자기 피식피식하는 쉰 웃음소리가 교실 여기저기서 들렸다. 특히 준성이와 광필이는 웃음을 참느라 혼났다. 바람둥이라니 말도 안돼. 몇 번 만났다고. 두 놈을 비롯한 반 애들은 자신들에게 바람둥이라는 타이틀이 붙은 게 좀 웃겼다. 분위기가 잡히지 않는 것을 눈치챈 성표가 다시 한번 외쳤다.

"바람둥이 선서!"

이번엔 눈에 힘을 가득 넣었다. 잡아먹을 듯이.

그제서야 반 아이들이 마지못해 하나둘씩 일어서기 시작했다. 아이들이 모두 일어선 것을 확인한 성표는 다시 아까보다는 더 우렁찬 소리로 선언했다.

"바람둥이 선서!"

아이들도 다 같이 "바람둥이 선서!"라고 말하자 교실은 독립투사들의 결사 항전 결의 대회를 방불케 했다.

"우리는 고2의 막중한 신분을 망각한 체 미팅을 자행했습니다. 그 결과 반 순위 11등이라는 수모를 당했습니다. 이러한 결과는 선생님과 학부모님들께 심한 상처를 주었고, 우리들 또한 창피스럽기 그지 없습니다. 이에 우리 바람둥이 일동은 지금 이 순간부터 미팅을 단절하며 지금까지 만나왔던 여학생들과도 절교할 것을 선서합니다. 또한 이번 기말고사에서 1등을 하여 실추된 명예를 회복할 것을 다짐합니다. 1983년 7월 12일 바람둥이 대표 김성표."

담임은 이날의 거사에 만족한 듯 입을 앙 다물었다. 성표는 그런 담임을 보며 복잡한 심경이다. 그 이유는 담임의 명령을 충실히 따랐다는 안도와 이제 주희를 어떻게 만나야 할지 심각한 고민을 하기 시작했기 때문이다. 선서문을 작성할 때까지만 해도 주희를 안 만나겠다는 생각을 단 한 번도 한 적이 없다. 선서문 작성은 담임이 내준 숙제에 불과한 것이어서 충실히 이행하면 그뿐이었다. 그런데 70명이나 되는 반 애들 앞에서 준엄하게 선서까지 하고 보니 주희를 볼 면목이 없어졌다. 아니 오히려 사랑하는 마음이 더 간절해졌다. 그 이유를 꼭 집어 이야기 할 순 없지만 사랑은 험난한 장애물을 타고 더욱 깊어지는가 보다. 성표는 담임과 반애들과의 약속을 어길 수 없다는 죄책감과 주희를 사랑하는 마음 두 줄 위에서 줄타기를 시작했다. 대단히 위태로운 줄타기를.

소나기

7월 주말의 쾌청한 오후. 성표는 빵집에서 주희를 기다리고 있다. 성표의 마음은 쾌청하지 못하다. 아직까지도 줄타기를 하느라 심신이 어지럽다. 죄책감과 사랑 사이에서 심한 갈등을 하고 있다. 힘들어서 주희를 만나기로 했다. 주희를 만나면 지친 심신이 달래질거라 믿으며. 이윽고 주희가 환한 웃음을 지으며 걸어 들어왔다. 순간 성표는 쾌청해졌다. 최소한 밝게 웃는 주희의 얼굴은 성표에겐 청량제였다. 죄책감 따위는 날아가고 그동안의 얘기를 마구 쏟아내고 싶어졌다.

보니엠의 리버즈 오브 바빌론이 소보로 빵 위에 얹어지는가 싶더니 하얀 우유컵 안으로 퐁당 들어왔다. 우유만큼 하얀 주희의 손이 경쾌한 음악으로 가득 찬 우유 잔을 집어 들고 입가로 가져갔다. 한 모금한 주희의 어깨가 절로 들썩였다. 쾌청한 날씨와 경쾌한 음악, 그리고 성표를 마주한 기쁨이 온 몸으로 발산되고 있었다. 성표도 내심 기분이 좋아졌다. 음악을 탄 성표의 손은 우유 대신에 소보루 빵으로 진출하더니 소복하게 빵 위에 얹혀 있는 그 달콤한 껍질을 뜯기 시작했다.

'아 이 달콤함이란….'

이젠 성표의 입도 음악을 타면서 꼬리가 씩 올라갔다. 둘은 무어라 말하기 보다는 서로의 눈빛을 보며, 서로의 우유를 보며, 서로의 빵을 뜯으며, 음악과 함께 한 폭의 로맨틱한 그림이 되었다.

얼마의 시간이 흘렀을까? 성표는 그저 그간의 일을 얘기하려고 무심히 바람둥이 선언문을 꺼내 들었다. 마찬가지 무심함으로 선언문을 주희에게 건넸다.

근데… 근데…

정말로 아무 생각 없이 늘 하던 대로 신변잡기를 늘어놓으려 했는데 선언문을 받아든 주희의 얼굴이 급작스럽게 일그러지기 시작했다. 심지어 손을 바르르 떨기까지 했다.

"날 만나는 게 그렇게 창피했어? 그래서 대표로 선언을 했고? 이걸 보여주는 의도가 뭐야? 헤어지자는 거지? 좋아 헤어지자고."

대꾸할 틈도 주지 않고 주희는 자리를 박차고 일어나 가버렸다. 성표가 붙잡을 틈도 없이. 아니 붙잡을 수 없었다. 아니 붙잡지 않았다. 주희가 다발총처럼 쏘아대는 그 순간에 성표는 사랑과 죄책감에 다시 줄타기를 시작했기 때문이다. 붙잡고 싶었으나 붙잡을 수 없었다. 사랑하는 주희를 놓치지 말아야 했기에 붙잡아야 했고, 바람둥이 선언을 한 대표로서 담임과 반 애들의 얼굴이 떠올랐기에 붙잡지 못했다.

띠이이---

뚝 하니 모든 게 끊어졌다.

음악은 한음으로 막혔고

소보루의 달콤함을 맛 본 혀는 마취된 듯 움직일 수 없었고

눈은 포커스 아웃됐고

머리는 멍하니 스폰지가 되었다.

한참 후에야 여기를 나와야겠다고 몸이 움직였다. 빵집을 나서는 성표는 또 한참을 걸었다. 알 수 없는 허전함과 알 수 없는 먹먹함, 또 알 수 없는 아픔을 안고 걷고 또 걸었다.

언제부턴지 모르지만 성표의 몸은 물에 절어 있었다. 눈물도 아니고 땀도 아니었다. 빗물이었다. 성표가 빵집을 나서는 순간부터 거짓말처럼 소나기가 내리기 시작했다. 길거리의 사람들은 저 마나

처마 밑을 찾아 이리 뛰고 저리 뛰는데 성표 혼자만 비 오는 줄 몰랐다. 비를 피한 사람들은 성표를 무심히 바라본다.

버스에 탄 사람들도.
택시 운전사도.
가게 점원도.
모두 성표를 본다.
비를 피한 처마 밑의 비둘기도.
가로수도.
간판도.
잡동사니 물건들도.
성표를 본다.

텅 빈 거리의 쏟아지는 비만이 성표와 함께한다.
이젠 눈물도 비처럼 내린다.
성표는 왜 이렇게 눈물이 쏟아지는지 알 수 없었다.

어느덧 성표는 주희의 집 앞을 서성인다.
자신도 모르게 성표의 발길은 주희 집에 와 있었다.
담 넘어 주희 방을 쳐다보다가

대문 벨을 누르려 하다가

돌아서 나오려다가

그저 담벼락을 따라 서성일 뿐이다.

얼마나 지났을까? 이미 비도 그쳤고, 성표의 젖은 옷도 다른 옷으로 갈아 입혀졌고, 얼굴엔 어색한 수염만 덕지덕지 붙어 있었다. 몇 날 며칠이 지나갔는지 모른다. 성표는 주희가 서울로 떠났다는 소식을 한 참 지난 후에 듣게 되었다.

해수욕장

인파가 북적이는 해수욕장, 한쪽으로 텐트가 늘어서 있다. 그중 한 곳에서 성표가 우두커니 앉아 멍하니 바닷가를 바라본다. 한여름 햇살만큼 뜨거운 젊음과 그 열기만큼 시원한 파도가 부딪히는 그즈음에 성표의 마음자리는 없다. 파도를 타는지 비키니 차림의 여학생을 찾는지 준성과 놈들의 몸 사위는 그 어느 때보다 경쾌하다. 대조적으로 성표는 풀이 죽어 있다. 하늘을 날아다니는 즐거운 비명과 더위를 날려 버리는 파도 소리가 높을수록 성표의 마음은 아리기만 하다. 해변가 모든 마디마디에 주희가 새겨져 있다. 주희의 수줍은 웃음과 나누었던 눈빛들, 서울대를 향한 동지애까지. 단 3번밖에 만나지 않았지만 성표에게 새겨진 주희의 기억은 그 이상의 것이었다. 수십 번 아니 수백 번은 더 만난 것 같았다.

소쟁기 끌며 숨어봤던 주희,

신작로를 나풀거리는 원피스로 걷던 주희,

담 너머 하늘거리는 긴 머리로 지나가던 주희,

자전거 불빛 속에서 빛나던 주희.

성표에게 주희는 영원의 시간을 가진 존재였다.

아리디아린 가슴을 안고 성표는 이제 텐트 바닥에 덜렁 누웠다.

왁자한 소리와 함께 놈들이 나타났다. 누워 있는 성표를 보자 순간 조용해진다. 그들도 친구인지라 성표의 심기를 건드리고 싶지 않았기 때문이다.

"야 우리 빨리 밥하자. 배고파 뒤지겠다."

준성은 관심을 저녁밥으로 돌렸다. 놈들도 그런 준성의 의도를 알아챘는지 주섬주섬 저녁 준비를 하기 시작했다.

"맞다카이. 이번에는 잘 좀 하자이. 지난번처럼 삼층밥하지 말고."

광필이가 짐짓 큰 소리로 말했다. 주보와 기현도 버너에 불을 지피고 양파를 다듬는 등 부산을 떨었다.

사실 성표는 따라나서고 싶지 않았다. 주희와의 이별 땜에 뭘 해도 손에 잡히지 않는데 무슨 바닷가냐 말이다. 움직이면 움직일수록 더 아픈데. 삼삼오오 모여 있는 사람들만 봐도, 흘러나오는 유행가 음악만 들어도, 아름다운 경치를 봐도, 놈들의 시시콜콜한 말만

들어도, 동네 담벼락을 봐도, 모두가 성표의 마음을 헤비 파는데. 그러나 놈들의 태도는 완강했다. 그럴수록 떠나서 마음을 식혀야 한다고. 거의 반강제적으로 끌고 왔다. 바닷가에서 성표는 모든 것에서 열외였다. 놈들끼리 약속한 것이다. 끌고만 가고, 가서는 그냥 놔두자고. 성표가 마음을 좀 식히도록 하자고, 놈들의 생각과 달리 성표는 아프기만 했다. 눈에 보이는 모든 것이, 들리는 모든 것이, 주희였다. 먹는 것조차도. 놈들이 캠핑치고는 근사하게 차려온 저녁밥을 성표는 한 술만 뜨고 말았다. 놈들은 그런 성표 옆에서 주인 앞의 강아지처럼 눈치 보며 조용히 밥을 씹었다. 그렇게 한여름이 지나고 있었다.

약발

개학을 하고 교실에 앉아 있지만 성표는 여전히 주희에 사로 잡혀 있다. 칠판은 온통 주희로 가득했고, 하얀 분필 궤적은 주희와의 추억으로 아로새겨졌다. 쉬는 시간이 되었지만 성표는 자리에서 일어날 생각조차 하지 못했다. 눈앞에서 왔다 갔다 하는 놈들이 성가시기만 했다. 준성과 광필이가 그런 성표를 멀리서 쳐다보고 있다.

"절마 저 우짜노? 아직까지 저러고 있으니…."

준성이가 혀를 찼다.

"야 준성아 좋은 수가 있다. 이리와 봐라."

광필이가 준성의 귀를 입으로 끌어당기며 특단의 조치를 모의하기 시작했다.

지글지글 불판에 익는 고기. 빙 둘러 앉은 놈들. 성표가 먼저 한 젓가락 하기를 다들 기다리고 있다. 하지만 성표는 고기를 물끄러미 바라보고만 있다. 참다못한 준성이가 성표의 눈치를 보며 짐짓 큰소리로,

"야 야 귀하신 몸이 다 타 버리겠다. 묵자. 성표야 임마 함 무봐라." 꿈쩍도 않는 성표에게 준성은 한 젓가락 쑤셔 넣어준다. 그제서야 성표는 천천히 입을 놀리기 시작했다. 역시 성표가 고기에는 약해 하며 다들 고기를 주워 먹으려는 순간, 성표의 젓가락이 쉴 새 없이 앞으로 진격이다. 성표의 입안은 온통 고기로 가득 찼다. 마구마구 씹는다. 그러다 갑자기 펑펑 울기 시작했다.

"주희야 주희야아아…."

성표는 복받치는 감정을 주체못해 대성통곡했다. 눈물이 모자라 콧물까지 합세한 성표의 울음은 보는 이로 하여금 숙연하게 만들 지경이었다. 그럼에도 불구하고 그렇게 울면서도 성표의 입은 계속 씹었다. 고기를. 절대 놓치지 않고.

놈들은 웃어야 할지 울어야 할지 갈피를 못 잡고 고기만 구워서 성표에게 갖다 바쳤다. 속으론 고기가 약발 받기를 기도하면서. 성표의 아린 상처를 조금이라도 치유할 수 있는 약발 말이다.

얼마나 울며 먹었을까? 어느새 성표는 울음을 그치고 고기만 우거적우거적 먹고 있었다. 드뎌 젓가락을 놓았다. 놈들은 한 점도 먹지 못하고 성표의 일거수일투족을 지켜보고 있었다.

"너거들 와 안 묵노?"

성표는 차분하게 좌중을 둘러보며 한마디 했다. 순간 놈들은 알았다. 성표가 고기 약발을 받았다고. 고기가 성표를 달랬다고. 그제서야 "어 어 무야지. 야들아 묵자 어?" 준성이 먼저 젓가락을 들며 놈들을 지휘했다. 이윽고 숱한 젓가락 공세가 이어지고 고기 굽는 연기는 더욱 자욱해지며 성표의 슬픈 얼굴을 조금씩 조금씩 가려 주기 시작했다.

비밀

주희와 헤어진 후 지난 3개월은 성표에겐 30년 이상이나 긴 시간이었다. 순간이 영원으로 가는 시간들이었다. 그 짧은 만남과 이별에서 성표는 정신적으로 훌쩍 커버린 자신을 발견했다. 때늦은 사춘기다운 사춘기를 보낸 것이다. 사랑의 달콤함과 아픔을 겪으면서 산다는 것이 무엇인지, 그리고 죽음이 무엇인지 조금은 알 것 같았다. 사랑을 하면서 삶의 아름다움이 무엇인지, 헤어지면서 죽음 같은 고통이 무엇인지 어렴풋이 맛본 것이다. 성표는 이제 자신의 목표를 향해 더 정진해야겠다고 마음먹었다. 서울대에 가서 다시 한번 사랑의 달콤함을 맛보리라. 서울대에서 주희를 만나 그땐 너를 이곳에서 만나기 위해 그랬노라고 고백하리라. 함께 고기를 먹으며.

사실 성표가 시련의 아픔을 겪는 동안 놈들은 여전히 사랑의 달콤함에 빠져 지냈다. 소처럼 우직한 성표가 우직하게 주희와 헤어진 뒤에도 놈들은 각자 진도를 빼고 있었다. 준성은 말자와 비슷한 캐릭터의 화학적 합성을 통해 이젠 여느 연인들보다 더한 커플이 되어 있었다. 둘이 만나면 시간 가는 줄 모르게 촉새처럼 떠들어댔다. 심지어 손도 촉새처럼 가만있질 못하고 서로를 향해 움직였다. 그야말로 한 쌍의 촉새였다.

광필이는 물질적 공세를 통해 영옥을 완전히 꼬셨다. 김천 시내의 내노라 하는 만두집과 빵집은 다 섭렵했다. 가끔 나이키 로고가 선명한 목티를 선물하기도 했다. 영옥은 광필에게 자신의 맘을 알리기 위해 만날 때마다 목티를 티나게 입고 나왔다.

주보와 기현은 모자란 개인기로 인해 가능하면 둘이 함께 해숙과 애자를 만났다. 두 쌍의 조직적 만남은 주효했다. 기현이가 말이 딸리면 주보가 나섰고, 주보가 돈이 딸리면 기현이가 대 주었다. 이도저도 아닐 때는 기현이가 김수희를 소환했다. 트롯트 한 곡을 뽑으면 만사 오케이였다. 환상적인 두톱 시스템에 두 여고생은 입이 헤벌려지며 각자의 낭군에 빨려 들어가 있었다. 이런 사실을 성표만 모르고 있었다. 자신처럼 놈들도 헤어졌는 줄 알고 있었다. 놈들의 사랑 행각은 비밀로 붙여졌다. 성표만 모르고 있었던 것이다.

토끼 사냥

눈 덮인 산. 성표가 하얀 눈밭을 미끄러지듯 쏜살같이 내려오고 있다. 이건 뭐 알파인 스키 선수보다 더 빠르다. 준성이도 보인다. 근데 준성이는 비료 포대를 타고 있다. 하지만 발로 뛰는 성표가 더 빠르다. 소처럼 우직하게 그러나 재빠르게 산 아래를 향해 돌진하고 있다. 두 사람 뒤로 광필이와 주보, 기현이가 괴성을 지르고 냄비 뚜껑을 뚜드리며 따라 내려온다. 놈들이 미쳤다. 이 추운 겨울날 산속에서 지랄들을 하고 있다. 근데 놈들보다 조금 앞에 하얀 놈이 도망가고 있다. 토끼다. 이놈을 잡기 위해 놈들이 생발광을 한 것이다.

"야야 왼쪽 왼쪽. 아이다 오른쪽 오른쪽. 오른 쪽으로 튀었잖아."

비료 포대를 탄 준성이가 전쟁터의 지휘관처럼 성표에게 소리쳤다. 빽빽 소리만 지르는 준성이가 성가셔 죽겠다는 듯 눈을 흘긴 성표는 토끼와 똑 같이 방향을 틀며 씩씩거리며 뒤를 쫓았다.

하늘에서 내려다본 성표와 토끼, 이 둘은 새끼줄로 몸을 묶은 듯

일심동체가 되어 오른쪽 왼쪽 춤추듯 리듬을 타고 있다. 알레그로의 리듬은 점차 빨라지면서 비바체로 바뀌고, 하얀 도화지 위에서 두 점이 아름다운 선분을 잇더니, 급기야 양자리가 되었다가 염소자리, 물고기자리에서 사수자리로 변하면서 멋진 별자리를 형성하였다.

"야 모두들 왼쪼옥~~."

악다구비 쓰며 비료 포대 타고 머리 휘날리는 박준성 장군과 온갖 소음을 끌어다 모으고 있는 놈들이 개입하면서 꿈결 같은 별자리는 모두 흩어지고 다시 아수라장 토끼 사냥터가 되었다.

"야압~~."

하며 성표가 토끼를 향해 몸을 던졌다. 하늘다람쥐처럼 목표물을 향해 날아간 성표는 곧바로 얼굴부터 눈 속에 처박혔다. 얼굴을 든 성표의 입에는 하얀 눈이 가득했다. 그 눈을 먹으며 씨익 웃는다. 손끝으로 전해오는 토끼의 몸부림을 느끼며.

"야압~~."

하며 난데없이 또 한 놈의 몸이 날아들었다. 준성이가 뒤늦게 토끼를 향해 몸을 던진 것이다. 하지만 타점이 빗나가 성표의 머리와 부딪혔다. 별이 번쩍이는가 싶더니 광필, 주보, 기현이가 차례대로 뛰어들어 놈들의 몸은 낙엽 쌓이듯 차곡차곡 포개졌다. 밑에 깔린 토끼의 생사는 아랑곳하지 않고.

얼어붙은 강가 옆. 돌무더기로 바람을 막고 불판을 피운 놈들이 주보를 뚫어지게 보고 있다.

"절마 배가 나온 이유가 있다 안카나. 맨날 저렇게 산짐승 잡아먹어서 안그라나."

준성이가 운을 뗐다.

"맞다 카이. 우째 저래 잘 하노. 어매 칼로… 아이고 나는 저래 몬한데이."

광필이가 거들었다. 주보는 놈들의 시선을 의식하면서 평소보다 더 멋있게 칼질을 한다. 사냥꾼의 역사가 묻어나는 날카로운 칼로 토끼 대가리에 십자가를 내더니 그 틈새를 벌려 좌악 토끼 가죽을 벗기기 시작했다. 가죽은 일사천리로 대가리를 지나 귀, 앞다리, 몸통, 뒷다리로 차례대로 벗겨지더니 마지막 꼬리까지 한꺼번에 허물 벗듯이 벗겨졌다. 놈들은 입을 다물지 못했다. 알몸이 들어난 토끼를 들어 보이며 오늘의 쉐프는 놈들을 향해 윙크를 날린다. 놈들이 움찔하는데 아랑곳하지 않고, 쉐프는 서부 총잡이처럼 칼을 한 바퀴 돌리더니 곧바로 배를 가르기 시작한다. 선홍색 피가 흐르는 틈으로 주보가 손을 썩 집어넣더니 내장을 한 움큼 집어 빼냈다.

“헉 저거는….”

기현이는 차마 못 볼 걸 본 것처럼 손으로 눈을 가린다. 오늘의 쉐프는 한번 더 손님들에게 윙크를 날리더니 준비된 소금을 토끼 몸통에 척척 뿌렸다. 놈들은 꼼짝도 하지 않고 주보의 일거수일투족을 주시했다. 주보는 소금 한 움큼을 다시 집더니 놈들에게 좌악 뿌렸다. 토끼에 뿌리듯이. 우우웃 놈들은 일제히 같은 방향으로 몸을 피했다. 토끼 피라도 묻을 것처럼. 그 순간 쉐프를 향해 온갖 욕을 쏟아부었다. 그러나 성표는 놈들과 합세하지 않았다. 토끼도 고기이므로 오로지 그 맛을 보기 위해 정신을 집중하다 보니 토끼 피가 흩뿌려진다 해도 아무런 상관이 없었다. 한참 장난을 친 주보는 성표의 진지한 태도를 보고 다시 요리에 집중했다. 열심히 꼬장댕이를 꼽는가 싶더니 천천히 돌리기 시작했다. 토끼 바비큐를. 그제서야 놈들도 다시 불 주위로 꾸역꾸역 모여들었다. 기분 좋은 냄새가 연기에 섞여 놈들의 코를 간질더니 이내 하늘로 올랐다. 멀리서 본 놈들은 분명 유목민과 흡사했다.

“우와 직인다. 이게 무신 맛이고? 소고기보다 더 맛있데이.”

준성이가 호들갑이다.

“맞제? 이거 하늘이 내려준 맛이다 아이가. 돈 주고도 못 사 먹는 맛이다.”

돈질을 많이 해봤던 광필이가 맞장구를 쳤다.

"이게 다 나의 요리실력 땜이라는 거 너거들 알제? 앞으로 이 형님한테 똑바로 해라이."

거들먹거리며 주보가 거들었다. 다른 놈들도 한 입하며 주보의 말에 동의했다. 그러나 성표는 한 입이 아니라 벌써 몇 입을 했는지 입가엔 검을 얼룩으로 가득했다. 정신없이 고기를 탐닉하느라 놈들의 호들갑에 낄 틈이 없었다. 눈치 깐 놈들도 이젠 먹기 경쟁에 돌입했다. 누가 먼저랄 것도 없이 토끼를 마구 뜯기 시작했다. 선사시대에 굶주린 우리의 선배 인류처럼.

연기가 잦아들 때쯤 놈들의 식사도 끝났다. 작은 토끼 한 마리지만 놈들에겐 곰처럼 큰 고기 맛이었다. 성표 뿐만 아니라 시골에서 고기 먹기란 좀체 힘들었기 때문이다. 다들 심리적 포만감에 사로잡혀 있을 때 주보가 벗겨진 토끼털을 들고 일어서더니 성큼성큼 강가로 걸어갔다.

"절마 저거 뭐하노? 털로 요리할라카나?"

기현이가 입맛을 다시며 말했다. 그런 기현이 뒤통수를 준성이가 한방 때리며,

"새끼야 털로 어떻게 요리하노? 니 묵을 수 있나? 털 털."

하며 기현이의 머리털을 한 가닥 뽑아 들이민다.

"그게 아이이고 주보 절마 함 봐라. 털 씻고 있잖아. 그래서…."

"시끄럽고 니 주보 털 가져오면 무야 된다이 알았제?"

두놈이 티격태격하는 사이에 주보는 물기가 뚝뚝 떨어지는 토끼털을 가지고 왔다.

"주보야 니 그거 와 씻었노?"

몸이 단 기현이를 쳐다보며 광필이가 재미있다는 듯 물었다.

"와 묵고 싶나?"

주보는 준성과 기현이의 대화를 엿들었는지 기현이를 뚫어지게 쳐다보며 말했다. 이런 놈들의 작태를 씩 한번 보더니 기현이가,

"이 새끼들 와카노? 니들 나를 공공의 적으로 만드는 기가 지금."

하며 쫄면서 말했다.

"아이다 아이다. 고만해라. 내가 이 털을 가져온 거는 귀마개 만들라고 안 가져왔나? 너거들 토끼털 귀마개가 얼마나 따신지 아나?"

주보의 말에 놈들은 다시 한번 사냥꾼의 포스를 느끼며 와~~ 감탄을 멈출 줄 몰랐다.

"짜슥들 앞으로 나한테 단디해라이. 내가 너거들 하고는 차원이 다르다 알것냐?"

우쭐한 주보에게 광필이가 "그래 인정 인정 니 똥 굵다. 여하튼 귀마개 나도 한 개 주라 알았제?" 하며 예의 욕심을 부렸다.

그러나 성표는 놈들의 털 논쟁에 전혀 관심이 없다. 털은 고기도 아니고 또한 이미 고기를 다 먹었으므로.

반장선거

전쟁터를 방불케 하는 야간 자율 학습 시간에 성표는 고민스럽다. 반장을 계속해야 할지 말아야 할지 판단이 서질 않는다. 고 3이 되었고 이제부터 진짜 전쟁이기 때문이다. 서울대 가기 위한 전쟁. 성표에게 이 세상에서 가장 쉬운 게 공부지만 그래도 자칫 잘못하면 전교 1등을 놓칠 수도 있다는 불안감이 새삼 싹트기 시작했다. 고3 특유의 긴장모드에 돌입한 것이다.

근데 맨 뒤쪽에서 소곤소곤 소리가 들려오기 시작했다. 이 엄중한 야자 시간에. 성표는 벌떡 일어나더니 소리를 꽥 질렀다.

"야 조용하지 못해. 집중이 안되잖아."

갑작스런 고함에 다들 성표를 쳐다봤다. 놀란건 놈들이 더 놀랬다. 평소의 성표 캐릭터와 완존 달랐기 때문이다. 성표의 호통에 좌중은 야자 특유의 모습으로 돌아왔다.

'절마들 때문에 공부가 안되네. 반장이고 뭐고 다 때려치울 뿔란다.'

성표는 작심했다. 다 내려놓기로. 오직 서울대를 위해.

"자 너거들 준비됐제? 성표가 일신상의 이유로 반장직을 내 놓았다. 너거들끼리 새로운 반장 함 선출해봐라. 김성표 나와서 진행해라."

담임이 물러가고 성표가 나섰다.

"자 반장하고 싶은 사람들 나와 봐라. 글구 추천해라."

말이 떨어지게 무섭게 광필이가 손을 들었다.

"박준성을 추천합니데이."

준성은 씨익 쪼개며 광필을 쳐다본다. 주보와 기현도 윙크로 화답했다. 이미 짜고 치는 고스톱판의 타짜들처럼.

"박준성 한 명 나왔고 또 다른 사람 없나?"

성표는 좌중을 둘러보며 재촉했다.

"신영훈을 추천합니다."

어디서 들리는 소리에 성표는 칠판에 신영훈을 적는다. 영훈은 성표 다음으로 2등을 먹는 모범생이다. 늘 성표의 그늘에 가려 1등 한번 해보지 못했다. 성표가 반장 자리를 내놓은 지금이 절호의 찬스다. 반장 한번 해보는 것이.

"또 누구 엄나?"

말발 하나로 유명한 촉새 준성과 공부 잘하는 영훈이 나서자 다른 놈들은 감히 나설 엄두를 못 냈다.

“자 그럼 엄서면 두 사람을 대상으로 반장을 뽑자. 누가 먼저 연설할래?”

영훈이 호기롭게 손을 들었다. 선방을 날리기로 작정한 것이다. 그도 그럴 것이 우물쭈물하다간 말 잘하는 준성에게 주도권을 뺏길 공산이 컸기 때문이다.

“아 저는 우리가 고3인 만큼 우리 반을 공부하는 반으로 만들고 싶습니다. 그래서 우리 모두가 원하는 대학에 들어갈 수 있도록 옆에서 힘껏 돕겠습니다. 그리고 야자 시간을 이용해 1주일에 한 번 간식 파티를 열겠습니다. 잘 먹어야 공부도 잘 할 수 있기 때문입니다….”

영훈은 비장한 어투로 각오를 밝혔다.

준성이가 교단에 올랐다. 여기저기서 키득키득 웃음이 새어 나왔다. 공부 못하는 게 반장하겠다고 나선 것이 반 애들에겐 웃기는 일이었다.

“에 지는예 우리 반을 유쾌한 반으로 만들고 싶심더, 그렇잖아도 고3이 돼서 힘들어 뒤지겠는데 저는 재미있는 일을 배달하는 반장이 되겠심미더. 제가 반장이 된다면 제일 먼저 미팅을 주선하겠심더. 다들 아시지예? 제가 그짝으로 전공이란 것을.”

또 한번 웃음이 새어 나왔다. 2학년 때 전교를 떠들썩하게 했던 바람둥이 사건의 주범이 준성이라는 것을 잘 알고 있었기 때문이다. 또한 반 애들도 이번엔 자신들이 그 바람둥이 대열에 합류할 수 있을 거란 기대가 웃음으로 치환되어 터져 나왔던 것이다. 이런 상황을 눈치챈 준성은 신이나 떠들기 시작했다.

"공부도 재미있어야 하는 기고, 재미는 일단 여자에게서 나온다 아입니까? 여자에 관한 모든 것 제가 책임지겠심더, 인쇄물에서 비디오까지 여러분들의 여자에 대한 호기심을 다 채워드리겠심더. 아 그라고 저의 노력의 결과물을 보여드리겠습니다. 저의 소개로 지금까지 이쁜 사랑을 하고 있는 증거물은 바로 손광필임미더."

와우 박수치며 모두들 광필을 쳐다보았다. 광필은 준비된 것처럼 일어서서 손을 흔들어 화답했다. 레드카펫의 어느 영화배우보다 멋있게.

"자 제가 여러분들을 광필이처럼 만들어 드리겠습니다. 지를 반장으로 뽑아 주이소. 이 열사 이렇게 힘주어 외칩니다!!!"

모두들 책상 치며 환호하며 난리가 났다. 이미 게임은 끝났다. 무려 52대 17로 준성이가 이겼다. 성표와 광필, 그리고 기현과 주보는 타짜들의 세계가 무릇 이런 것임을 확인하며 승리의 영광을 다 함께 안았다.

등교

반장이 아닌 성표가 교문 앞에서 쌍심지를 켜고 등교생들을 노려보고 있다. 폼새가 예사롭지 않다. 개미도 미끄러질 것 같은 광채 휘날리는 워커에 허리춤에 번뜩이는 긴 칼을 차고 있다. 왼쪽 팔뚝엔 짝대기 3개가 선명하게 그려진 완장을 차고 각이 잘 잡힌 교련복을 멋지게 차려 입었다. 누가 그 옛날 소 쟁기 끌던 성표라 하겠는가?

학급 반장을 그만둘 때 성표는 이미 학도호국단 대대장, 즉 3학년 학생회장이 되어 있었다. 학기 초에 반장들이 모이는 총학생회에서 성표가 대대장에 선출된 것이다. 순전히 전교 1등이라는 프리미엄 때문에, 그리고 소처럼 착하다는 평판 때문에 대대장 타이틀을 획득한 것이다. 하여 학급 반장은 성가시기만 했다. 매일 있는 야자 시간에 반 애들과 신경전을 벌이는 것도 싫었고, 학급의 잡다한 일을 처리하는 것도 이젠 신물이 났다. 이미 학생회장이라는 또 다른 권력이 있으니 학급 반장 정도의 타이틀은 없어도 그만이라는 얄팍한 계산도 깔려있었다. 고3이 된 성표는 이제 우직한 소가 아니었다. 서울대라는 분명한 목표를 이루기 위해, 고기를 반드시 먹어야겠다는 선명한 목적을 위해 성표는 머리를 굴리기 시작한 것이다. 더불어 누구나 부러워하는 학생회장의 권력도 가지면서.

성표보다 한 발짝 뒤에 이제 반장으로서 학도호국단 중대장이 된 준성이 서 있다. 그 옆으로 성표가 참모로 지명한 광필, 기현, 주보도 나란히 도열해 있다.

"어이 니 이리 와봐라."

성표는 후배로 보이는 한 학생을 불러 세웠다. 매의 눈을 가진 성표의 눈에 먹잇감으로 낚인 후배의 교련복은 단추 하나가 떨어져 있었다.

"니 이래 가지고 교련 사열 통과하겠나? 저짜 가서 대가리 박아라."

성표는 쫄아 있는 후배에게 최대한 부드럽게 말했다. 그러나 듣는 후배에게 학생회장 대대장 선배의 말은 추상과 같았다. 번개처럼 튀어 한쪽 구석에서 머리를 땅바닥에 꽂았다. 준성 이하 참모들은 그런 대대장님을 뒤에서 보필하며 권력의 광휘를 휘날리고 있었다. 대대장 성표는 등교생들을 다시 유심히 보기 시작했다.

"어이 너, 야 너, 얌마…."

성표는 숙련된 기능공처럼 지적질을 해댔다. 불쌍한 후배들은 저 인망 그물에 낚이듯 한 놈 두 놈 걸려들었다. 어느덧 땅에 박힌 대가리는 그 수를 헤아릴 수 없을 정도가 되었다. 놈들은 끙끙거리며 머리로 쏠리는 중력을 버텨내고 있었다. 어떤 놈은 참다못해 손과 발로 지탱하고 있다. 이를 본 중대장 준성이가 발로 차자 놈들이 도미노처럼 옆으로 넘어졌다. 지켜보던 대대장이 부드럽게 나섰다.

"똑바로 해라이. 너거들 그런 정신 상태로 우리 교련 사열 통과 몬한다이."

옆에 있던 준성이가 나서서 대가리 박아를 연신 외친다. 이미 탈진한 몇몇 놈이 다시 땅 짚고 헤엄치자 이번에 대대장이 나서서 무심하게 옆에 찬 칼로 툭 친다. 또다시 도미노 현상이 일어난다. 후배 놈들은 미칠 지경이다. 다시 정렬하지만 또 넘어지고 일어서고를 반복한다. 띵동땡 띵동땡 수업시간을 알리는 종이 울렸다. 성표는 후배들을 일으켜 세우더니,

"오늘은 여기까지만. 너거들 내일은 단디해서 와라이. 해산."

중대상 준성과 참모들은 대대장님의 말씀에 흐뭇한 미소를 지으며 성표가 자랑스럽다. 시련의 아픔을 잊고 학교생활의 중추가 된 성표를 보면서 부하로서 존경을 표하고 있는 것이다.

학생회장
대대장님의 활약

학생회장 대대장님의 활약은 여기서 그치지 않았다. 권력과 주먹은 가까운 법. 매번 전교 1등을 달리며 학생회장을 하고 있는 성표는 일진들에게도 좋은 정치적 동맹자로서 꼭 필요했다. 성격도 무던하고 착해서 일진들이 접근하기 쉬웠다. 사실 광필이가 일진들과 이미 터놓고 지내고 있었다. 그 막강한 재력을 앞세워 일진들의 대소사를 챙겨왔다. 일진들의 아지트인 라면집에 자주 들러 라면뿐만 아니라 떡볶이며 김밥, 쫀드기 등 전 품목을 접대했다. 당연히 일진들의 후식 담배과자도 챙겨줬다. 이뿐이랴 학교 근처 당구장에서 게임비는 말할 것도 없고 짜장면 값도 내주었다. 경제력으로 주먹들과 가까워진 광필은 성표를 자연스럽게 일진들과 연결했다.

권력과 주먹, 여기에다 돈까지 합쳐졌으니 성표의 권력은 막강했다. 하지만 어른들과 다른 점은 이들의 관계가 어설프게 맑았다는 것이다. 도드라진 이해관계로 복잡하고 추하게 얽혀 있는 어른들과 달리 이들 10대들이 가진 권력과 주먹과 돈은 그저 친구를 사귀기 좋은 하나의 단초에 불과했다. 일단 서로 통하자 둘도 없는 친구 사이가 되었다. 일진들의 짱인 광호는 놈들과 같은 반이어서 더욱 그랬다. 처음엔 내세울 수 있는 특기가 서로 달라 거리가 있었지만 서로의 장점을 인정하고 보니 쉽게 친해졌다.

이런 일이 있었다. 성표가 학급 반장 자리를 아직 내놓기 전이었다. 야자 시간에 누군가 크게 떠들기 시작했다. 귓구멍에 마이마이 이어폰을 꽂고 '나 어떡해'를 신나게 불러 제끼고 있었다. 급기야 일어서서 지랄발광을 한다. 승현이였다. 공부는 당연히 못하고 주먹도 일진에 포함되지 못하는 그 언저리에서 노는 놈이었다. 싸움도 잘 못하지만 그나마 같은 계열이라고 일진 근방에 엮혀서 일진들의 힘만 믿고 까부는 그런 놈이었다. 참 다 못한 반장 성표가 일어났다.

"도승현 조용 해라."

승현이는 아랑곳하지 않고 계속 지랄이다.

"조용히 못하나?"

성표도 뚜껑이 열렸다.

"야 승현이 니 앞으로 나와."

그제서야 승현은 이어폰을 빼고 성표를 노려본다.

"절마가 미쳤나? 니가 반장이면 다가? 저 새끼가…."

하면서 앞으로 나온다. 성표 쪽으로 다가오자 성표는 먼 산을 보는척하다가 잽싸게 선방을 날린다. 원 투 펀치가 승현이의 안면에 작렬한다. 어 어 눈 깜짝할 사이에 공격을 당한 승현이 반격을 시도하려 주먹을 날리려는 순간, 뒤에서 이단옆차기가 날아들었다. 정통으로 목덜미를 차인 승현이는 성표 발아래 널부러졌다. 성표가 놀라 쳐다보니 바로 광호다.

"이 새끼가 어디 반장한테 대더노? 승현이 니 단디해라이. 그라고 너거들 앞으로 성표한테 까불면 내가 가만 안 있는데이."

반 애들은 쥐 죽은 듯 조용했다. 성표는 광호와 묵직한 눈빛을 주고받았다. 어떤 분야든 짱들은 서로 통한다는 듯이. 그 뒤부턴 성표가 한마디만 하면 다들 깨갱이었다. 이 소문은 전교에 퍼져 성표는 또 다른 한명의 짱으로 등극했다.

성표도 광호에게 보답했다. 도사보다 더 많은 걸 알고 있다는 뜻의 도사할배, 즉 '도배' 학생주임 선생님과 학교 인근을 일제 단속하는 날이 되면 미리 정보를 알려줬다. 학생회장단과 학생주임 '도배'는 가끔 사찰을 돌며 담배 피는 놈, 당구장에 있는 놈, 술 먹는 놈, 에로 영화 보는 놈 등 학칙에 위반되는 놈 놈들을 잡아들이는 일을 했다. 그래서 성표는 광호를 포함한 일진들에게 사전에 몸을 피하도록 했다. 어른들 특히 선생님들의 눈에는 놈들의 행각이 학생으로

서 해서는 안 될 나쁜 짓으로 보였지만, 성표에게는 학생으로서 할 수도 있는 작은 경험 정도로 보였기 때문이다. 성표는 별반 재미를 느끼지 못하지만 광호를 비롯한 친구 놈들에겐 이런 일들이 청량제와도 같다는 것을 잘 알고 있었다. 꽉 막힌 교실 벽을 뛰어넘을 수 있는 청량제 말이다. 하지만 성표에게 청량제는 다른데 있었다. 바로 고기다. 고기를 생각하면 절로 배가 불렀다. 그래서 서울에 가야 했다. 하여 서울대가 목표다. 하여 공부가 청량제가 되었다. 그래서 학교는 성표의 즐거운 놀이터이고 교실은 포근한 안식처였다. 그 속에 있는 준성을 비롯한 놈들과 광호 일당들은 모두 다 소중한 친구들인 것이다. 그런 친구들에게 학생주임 '도배'의 작대기가 꽂이는 것을 성표는 두고 볼 수 없었다. 피할 수 있도록 도와야 했다.

"성표야 아들 마이 착해졌다 그쟈? 당구장이 이리 텅텅 비었으니…."

번번이 사냥에 실패한 도배가 성표에게 말했다.

"네 선생님. 아들이 마 이제 마음 잡은 것 같심더. 마카 다 쌤 덕분임더."

성표는 어울리지도 않는 아양을 떨면서 도배의 눈치를 살폈다. 그러나 도배의 눈은 레이저 빔이라도 쏘는 듯 당구장 구석구석을 노려보았다. 그러다가 타깃을 찾았는지 당구장 한쪽 구석방으로 천천히 다가가 방문을 잽싸게 확 열었다. 화들짝 놀란 사람들이 도배를 쏘아 보았다. 도배는 무안해 낯이 빨개졌다. 카드놀이 하던 사람들은 경찰이라도 들이닥친 것처럼 당황해 했고, 도배는 자신의 촉이 빗나간 것 때문에 당황했다.

"아이고 지송합니데이."하며 방문을 최대한 조심스럽게 예의를 갖춰 닫아 주었다. 성표는 자신의 정보력으로 친구들이 무사히 탈출한 것에 묘한 쾌감을 느끼며 표정관리에 들어갔다.

"쌤요, 다음 장소로 이동하시죠. 담은 라면집입니더."

아직도 당황기가 가시지 않은 도배를 에스코트하며 성표는 당당히 앞장섰다.

종이비행기

삼이, 이일, 삼일, 광호 일당들이 짤짤이를 하고 있다. 짤랑짤랑 동전 부딪치는 소리와 함께 교실 창밖으로 비행기가 보인다. 종이비행기가.

종이비행기 한 대가 유유히 날고 있다. 동선을 보아하니 초등학교 6학년 교실로 날아가고 있다. 그 뒤를 이어 또 한 대의 종이비행기가 날아간다. 이젠 꼬리를 물고 계속해서 비행기가 날아든다. 아예 잠자리 군무 같다. 고3 교실 맨 뒤쪽에서 준성이를 중심으로 광필, 주보, 기현이가 담 하나 사이로 붙어있는 인근 초등학교 교실을 향해 비행기를 날리고 있다. 그곳에서는 6학년 여학생들이 고3 오빠들을 향해 환호하며 손을 흔들고 있다.

"캬 자들 억수로 좋아하네. 누가 받노 누가? 어 어 그래 나이스 캐치. 그래 바로 그거야. 니 이름 뭐꼬?"

준성이가 큰 소리로 외쳤다. 담 넘어 초딩 여학생이 뭐라 말하는데 잘 들리지 않는다.

"야 빨리 만들어 봐라카이."

준성의 닦달에 착한 기현이가 열심히 비행기를 접고 있다. 옆에서 주보도 씩씩거리며 거들고 있다.

"야 이번엔 내가 함 날리보께. 니는 좀 비켜봐라."

광필이가 나섰다.

"자 니들 잘 받아봐라. 이 오빠가 너거들 한테 바로 골인 시키게. 자 간다 슝~~."

하며 비행기를 날리는데 뒤통수가 번쩍. 디게 아팠다.

"누꼬?"

소리치며 돌아보니 '도배'다.

"이 놈들 자알 들 논다. 너거들 임마 고3이야 고3. 정신 있는 거야 없는 거야? 너거들 이리온나."

도배는 최종주자인 광필의 귀를 잡고 놈들을 교단 앞으로 끌고 갔다.

"엎드려 바쳐. 너거들 조짜 초딩들과 뭐하는 짓이고? 자들 꼬실라 카나?"

"아임미더. 그냥 심심해서 함 날려봤심더. 젖비린내 나는 자들하고 지들이 뭐할라꼬 그러겠심꺼?"

준성이가 쏜살같이 말했다.

"시끄럽다 이놈아."

도배는 작대기로 준성의 머리를 한 방 때렸다. 곧바로 꼬꾸라진 준성이는 머리를 잡고 별 엄살을 다 떤다.

"똑바로 안하나? 다시 엎드려!"

반듯하게 정리된 놈들의 머리 위로 도배가 일갈한다.

"너거들 정신 똑바로 차리라이. 학력고사도 얼마 남지 않았는데 자들 하고 뭐하는 짓이고? 하기야 미래의 너거들 마누라 맞네. 여섯 살 밖에 차이 안나니까."

"아이고 아임미더. 자들하고 우째… 지들은 그냥 심심해서."

빡 하고 준성 머리 위로 또 한번 작대기가 날아든다.

"됐고 너거들 일나봐라."

일제히 도열한 놈들을 향해 도배가 근엄하게 말한다.

"너거들 맴이 자들한테 꽂혀 있는데 그냥 갈 수 엄지. 지금부터 각자 비행기 100개씩 접어라. 그래야 자들도 너거들의 진심을 알거 아이가? 알았나?"

놈들 모두 울상이다. 멀리서 지켜보던 성표는 킥킥거리며 보고 있다. 광호와 반 애들도 일제히 킥킥인다.

"빨랑 들어가서 안 접나?"

도배의 호통에 제자리로 간 놈들은 열심히 접기 시작한다. 비행기를. 그녀들에게 날릴. 담 넘어 초딩 교실에서는 미래의 신부들이 비행기를 날리라고 생 야단법석이다. 과연 놈들은 자신들의 짝을 찾을 수 있을까? 가까운 미래에. 이 초딩들 중에서.

도서관

누런색 갱지 위에 300이라는 숫자가 쓰인다. 그 옆에 또 300이 계속해서 나열된다. 갱지 위엔 온통 300이라는 숫자뿐이다. 샤프를 따라 올라가니 준성이다.

'아 300점은 되야 하는데….'

준성도 서울대 가고 싶다. 학력고사 320점 만점에 마의 벽 300점은 넘어야 가능한 일이다. 700명 전교생 중에서 대여섯명만이 이 벽을 넘나들고 있다. 준성에게 300은 너무나 높은 벽일 뿐이었다. 모의고사에서 230점을 겨우 받아 3이라는 숫자를 찍어는 봤지만 300은 전인미답 에베레스트와 같았다. 도서관에 앉아 있는 지금도 300만 긁적일 뿐 그 벽을 넘을 방법도 대책도 없다. 그저 마주 앉아 있는 성표만 부러울 뿐이다. 고기 먹기 위해 서울대 가려는 성표는 300을 넘고도 남았다.

'남는 점수 나한테 주면 좋을 텐데.'

준성은 그저 성표를 물끄러미 바라보았다.

'아니야 이럴 수만은 없어. 뭔가 대책을 세워야 해.'

준성은 결심했다는 듯 노트에 뭔가를 적기 시작했다.

대책 1. 300점을 받기 위해서 성표랑 무조건 도서관에 가기.

대책 2. 성표보다 일찍 와서 도서관 자리 잡기. 물론 성표의 자리도 잡아주기.

대책 3. 성표의 동선을 그대로 따라 하기.

대책 4. 가능하면 성표의 기를 받기 위해 성표의 소지품을 늘 가까이 두거나 만져보기.

대책 5. 놈들에게 이 사실을 비밀로 하기.

성표가 성문종합영어를 펴놓고 시제 일치를 보고 있다.

준성도 따라 한다.

근데 준성은 시제가 일치하지 않는다.

도무지 그 뜻을 알 수 없다.

쓸쩍 성표를 쳐다보면 코를 훌쩍인다.

준성도 훌쩍여 본다.

성표가 빨간색 볼펜으로 have pp에 줄을 긋는다.

준성도 긋는다.

성표가 허공을 쳐다보며 외운다.

준성도 허공을 본다.

근데 외어지지 않는다.

성표가 괄호 속에 done이라고 써넣는다.

준성도 써넣어 본다.

성표가 연습장에 뭔가를 쓴다.

'미…'

준성도 따라 쓴다.

'미친놈…'

'우동 먹으러 가자.'

무심코 따라 쓰던 준성이 깜짝 놀라 벌떡 일어난다.

성표가 '메롱' 하며 먼저 일어나 식당으로 방향을 잡았다. 이미 성표는 준성이가 자신을 따라 하고 있음을 알고 있었던 것이다.

모락모락 김이 올라오는 우동. 성표가 한 젓가락을 하자 준성도 잽사게 따라 한다.

"얌마 그만해라. 니 여서도 따라 할래? 니 와카는데?"

노랗디 노란 단무지를 입에 털어 넣으며 성표가 말했다.

"아 아 아이다. 그냥 무라. 나도 그냥 무게."

준성도 노오란 단무지를 오물거리며 말했다.

"미친 놈. 니 자꾸 그카면 이 우동이 목구멍을 넘어가겠나? 어서 처무라."

"어어 알았데이. 니도 마이 무라 성표야."

눈치 보던 준성은 식당에서는 성표를 따라 하지 않기로 했다. 작전상 후퇴다.

머얼건 우동과 노오란 단무지는 참으로 환상의 조합이었다. 도서관에서 최고로 맛나고, 최고로 간편하게, 최고로 빨리 먹을 수 있는 점심식사였다. 준성은 우동과 단무지처럼 성표와 환상의 조합이 되고 싶었다. 그러나 현실은 너무나 멀고도 높았다. 성적으로는 우동도 다깡도 그 어느 것도 될 수 없었다. 준성은 먹는 둥 마는둥 하며 젓가락으로 애꿎은 우동만 휘휘 저었다.

"성표야 니 필통 함 주바라."

"와?"

"어 내가 샤프심이 다 떨어졌다 아이가. 샤프심 좀 빌릴게."

성표는 무심하게 필통을 내민다. 준성은 '대책4'를 실천하기 위해 필통에서 샤프심을 꺼내는 척하면서 필통을 성표에게 돌려주지 않고 옆에 둔다. 최대한 가까이. 성표의 기를 받으려고. 공부하던 책과 연습장도 최대한 성표쪽으로 가까이 붙인다. 심지어 공부에 집중하고 있는 성표의 틈을 타 성표 책가방을 아예 자신의 걸상에 건다. 그제서야 준성은 코를 벌렁이며 안도한다. 그래도 도무지 글은 눈에 들어오지 않는다. 하여 성표만 물끄러미 바라다볼 뿐이다. 마치 사랑하는 연인처럼. 아니 똥 마려운 강아지처럼.

맞고 맞고
또 맞고

20번 버스를 타고 학교 가는 준성은 왠지 불안하다. 분명히 어제 도서관에서 성표의 기를 받고 열심히 공부했지만 오늘 영어 단어 외우는 숙제가 꺼림직하다. 영어 선생 미친개에게 안 걸리면 되지만 혹시 재수 없이 걸리면 큰일이다. 속사포처럼 단어를 물어볼 텐데 다 맞출 수 있을지 자신이 없다. 온통 영어 단어 생각으로 가득한데 버스가 갑자기 급정거를 한다. 동시에 어떤 여학생이 준성의 품으로 안기는가 싶더니 옆에 있던 광필이가 슬쩍 가슴을 내밀며 그 여학생을 낚아챈다.

'일마가 미쳤나?'

하며 쏘아보는데 여학생은 이미 광필 품에 안겨 있는 형상이다. 근데 그 그림이 어찌나 아름다운지. 미어터지는 버스 안에서도 두 사람만이 광채를 뿜어내고 있었다. 광필이 때문이 아니라 알 수 없는 여학생의 아우라가 광필이까지도 빛나게 만들었다. 매일 같은 버스를 타지만 한 번도 본 적 없는 여학생의 정체가 궁금해 미칠 지경이다. 아니 준성이 품에 안기려 했던 광채 여학생이 광필 절마에게 안긴 것이 더 미칠 지경이었다. 영어 단어고 뭐고 다 필요 없었다. 그저 광필에게 저 여학생을 뺏어 오는 방법이 없을까만 생각했다. 이리 밀리고 저리 밀리고 하는 사이에 여학생은 우면 여고 앞에서 내렸다. 광필이는 알 수 없는 미소를 지으며 그 여학생의 동선을 주시했다. 한 손은 여학생이 잠시 머물렀던 가슴에 대고 아직 가시지 않은 여학생의 아우라를 느끼며. 준성은 혀를 찼다.

"야 새끼야. 넌 상도도 없나? 나한테 왔는데 와 니가 뺏어가노?"

버스에서 내리자마자 준성이가 대들었다.

"미친놈, 상도 좋아하네. 내가 가하고 어떤 역사가 있는 줄 아나?"

"역사는 무신…."

"니는 가 오늘 첨 봤제? 나는 벌써부터 가를 쭈욱 보고 있었다. 기현이 한테 함 물어 봐라?"

"여서 기현이가 와 끼노? 니캉 내캉 문젠데…."

"아주 지랄을 하고 있어요. 니캉 내캉 문제? 내 문제다. ONLY 나, 나만의 문제."

준성의 안면에 큰 소리를 던져버리고 광필이는 성큼성큼 교문을 향해 걸어갔다. 광필의 기습공격에 준성은 어이없이 쳐다볼 뿐이다.

"서상우 니 일나 봐라. tomb 이 무신 뜻이고?"

미친개는 사냥을 시작했다. 전날 내준 영어 단어 암기를 확인했다. 갑작스런 질문에 상우는 아무 말도 못했다. 아예 몸으로 때울 준비를 단디 하고 온 듯했다. 상우의 의중을 알았는지 미친개는 "알따. 니 뜻대로 해주게, 손등 앞으로." 내밀어진 손등 위로 대나무 회초리가 꽂혔다. 한방에 상우는 괴성을 지르며 온몸을 꽈배기처럼 꼬았다. 그도 그럴 것이 회초리는 손등이 아니라 손가락을 타격했기 때문이다. 미친개의 전매특허 '공포의 손가락 치기'였다. 손가락 치기는 전교생의 공포의 대상이었다. 한방만 맞아도 정신을 놓을 정도로 아팠다. 그 고통을 맞본 사람은 미친개를 100m 앞에서 봐도 절로 오금이 저렸다.

이런 전설이 내려온다. 몇 년 전 어느 날. 3학년 선배가 복도에서 미친개를 욕하고 있었다. "미친개는 역시 미쳤어. 어떻게 아를 그리 때릴 수 있노? 30분이나 팼다나. 그게 선생이가? 개지 개. 그것도 미친개. 너거들 우째 생각하노?"

하는데 갑자기 뒤통수에서 불이 번쩍였다.

"그래 미친개 여 있다. 미친개 맛 제대로 함 봐라. 이놈의 새끼."

처음엔 출석부로 때리기 시작했다. 출석부가 너덜너덜해지자 이번엔 지휘봉 같이 생긴 막대기로 사정없이 패기 시작했다. 얼마나 세게 때렸는지 작대기가 손에서 미끄러져 날아가자 손바닥에서 주먹으로, 주먹에서 발로 순간 이동하며 마구잡이로 팼다. 얼마나 때렸는지 시간은 가늠할 수 없었지만 3학년 2반 복도에서 시작된 구타는 8반 앞까지 계속 이어졌고 급기야 10반 복도 끝에서도 계속됐다. 선배는 맞으며 뒷걸음질 쳤지만 코너에 몰린 쥐새끼 꼴이 되었다. 씩씩거리며 패고 있는 미친개의 손에는 이젠 슬리퍼가 들려 있었고, 선배의 얼굴은 곰보빵처럼 온통 부풀어 올라 있었다. 아래층에서 학생주임 도배가 올라오지 않았다면 미친개의 미친 짓은 언제까지 계속될지 알 수 없었다. 도배는 선배의 귀를 잡고 교무실로 끌고 갔고, 미친개는 먹잇감을 놓친 그야말로 미친개처럼 입가에 거품을 흘리며 거친 숨을 할딱이고 있었다.

"이충석… 문전일… 김승섭…."

미친개의 마수가 점점 자신에게로 뻗어오고 있음을 준성은 직감했다.

'설마 나까지 오겠나? 성표와 광필, 기현이, 주보도 다 피해갔는데. 나까진 안 올끼다.'

내심 기대하며 고개를 숙이고, 눈은 아래로 깔고, 미친개의 발걸음을 주시했다.

'헉 와 여서 멈추노. 미치겠네.'

미친개의 슬리퍼를 보는 순간 준성은 공포의 전설을 떠올리지 않을 수 없었다.

'저 슬리퍼는… 오 마이 갓.'

하는데 미친개의 작대기가 준성의 책상을 딱딱 쳤다. 호러 영화 같은 그 전설의 문을 여는 듯한 노크 소리였다. 준성은 최대한 문을 열고 싶지 않았다. 아니 꽉꽉 걸어 잠그고 싶었다.

'우짜노. 난 그 선배가 되기 싫다. 절대 안 될기다. 못 들은 척 하자.'

그럴수록 노크 소리는 더 커졌다. 아예 귀를 막고 엎어져 자려 하는데 귀가 하늘로 쏟구쳐 올라가는 것을 느꼈다.

"아 아 아."

외마디 비명을 지르며 자리에서 일어나지 않을 수 없었다.

"박준성 니 지금 뭐하는 기고? 내가 묻는 소리 안 들리나? vivid가 무신 뜻이냐고?"

미친개는 벌써 몇 번이고 준성에게 물어봤던 것이다. 준성은 전설의 또 다른 주인공이 되기 싫어 문만 걸어 잠그다 보니 미친개의 질문은 듣지도 못했다.

"아 예 vivid 예?"

머리를 굴리는 척하며 앞에 앉아 있는 성표와 기현에게 SOS의 눈짓을 보냈다. 그러나 놈들은 서슬퍼런 미친개 앞에서 감히 준성을 도와줄 엄두도 못 냈다.

“와? 모르겠나?”

“아이라예. 그 그기….”

“됐고. 손 앞으로.”

“아임미더. 잠깐만예. 생각날라 캄미더. vi-vi-d 는예….”

하며 성표를 뚫어지게 보며 도와 달라 간청한다. 하지만 성표는 눈길을 피했다. 미친개 앞에서는 그럴 수 없었다. 만약에 탄로라도 나면 공멸하기 때문이다. 그야말로 모두 죽는다. 지난번 옆 반에서 지금과 같은 상황에서 도와줬다가 반 전체가 손가락 치기를 당했다. 성표는 학생회장으로서 반을 지켜야 했다. 반 아이들의 복지와 후생을 위해 준성을 희생시키기로 했다. “니 지금 뭐하노? 손 앞으로 대라이. 어서!”

추상같은 호통에 준성은 수전증 걸린 사람처럼 손등을 내밀었다. 순간 작대기가 사정없이 손가락에 꽂히는데 준성은 메뚜기처럼 팔짝팔짝 뛰었다.

“야가 와이카노? 다시 한번 더 대라. 오버 하지 말고.”

“아임미더. 잘못했심더. 다시 안 그럴게예.”

“됐고. 빨랑 안 대나? 딱 2대만 더 맞자. 지금 안 대면 니 20대 맞는다이.”

“예 예 알겠심더.”

준성은 눈을 꼭 감고 손등을 다시 내밀었다. 작대기가 다시 손가락에 꽂히는데 이상하게 아까보단 덜 아팠다. 또 팔짝거리면 더 맞을 것 같아서 이을 악물었기 때문일게다. 근데 세 번째는 너무나 아팠다. 메뚜기가 아니라 사람을 처음 등에 태운 야생마처럼 뛰고 싶었다. 그 고통을 온몸으로 받아 완충시키고 싶었다. 하지만 그랬다간 또다시 매질이 늘어날 것이다. 이가 부러질 정도로 꽉 다물고 참았다.

"박준성 담 부턴 단디 해라이. 또 물어볼끼다."

"넵 선생님."

준성은 미친개 주연의 호러 문이 닫히는 것을 느끼며 그 어느 때보다 힘차게 대답했다. 하지만 손가락 마디마디는 부서질대로 다 부서졌다. 최소한 준성은 그렇게 생각했다.

광채 소녀

"야 이 새끼들 너거들 어째 그랄 수 있노? 너거들이 친구 맞나? 친구의 탈을 쓴 원쑤제? 아파 디지겠네."

준성은 미친개의 상흔이 아직 남아 있는 손가락을 흔들며 놈들에게 소리 쳤다.

"엄살 좀 그만 떨거래이. 니만 맞아봤나? 우리도 다 맞아 봤데이."

광필이가 대인배처럼 맞받아쳤다.

"엄살? 니 요 온나. 니 한번 맞아봐라."

준성은 가방에서 볼펜을 꺼낸 다음 광필의 손을 낚아챘다.

"요 짜쓱이 와이카노. 치아라 임마."

광필은 손을 쓸쩍 빼며 준성의 부풀어 오른 손가락을 툭 쳤다.

"캬아악~~."

준성은 또 팔짝이기 시작했다. 미친개의 매질보다 오히려 더 아팠다.

"니 지금 어딜 건드리노? 니 요 온나."

악다구니를 쓰며 광필이를 잡으려 날뛰었다. 광필이는 "나 잡아

봐라~~." 약 올리며 성표와 기현, 주보를 울타리 삼아 이리 피하고 저리 피한다. 멀리서 본 놈들의 하교길 풍경은 정겹기 그지없다. 서로 아웅다웅해도 그것이 곧 친구임을 말해주는 보증서와 같았다.

버스 정류장에서 준성은 갑자기 생각났다. 아침 버스에서 광채 나던 그 여학생. 광필이의 말이 도대체 무슨 말인지 확인해야 했다. 둘만의 역사가 있다니. 말도 안되는 그 역사를 알아내야 했다.

"기현아, 광필 절마 버스에서 어떤 여학생하고 역사가 있었나?"

"뭔 말이고?"

"어 20번 버스 있잖아. 그 버스에 탄 광채나는… 아니 아니 예쁜 그 여학생하고 광필이하고 뭔가 썸씽이 있었나?"

"아 가들, 있긴 있지. 역사가."

"뭐라 캐샀노? 자세히 말해봐라."

"그게 말이다…."

어느덧 준성은 20번 버스 안에 있다. 적당히 승객들이 타고 있는데 유독 저 쪽 창가에서 빛이 나고 있었다. 바로 광채 소녀가 앉아 있다. 근데 버스 제일 뒷 칸에 광필이와 기현이가 앉아 있다. 광필의 시선은 시종일관 소녀에게 꽂혀 있다. 근데 그들은 준성이를 알아보지 못하는 것 같았다. 준성은 광필 쪽으로 다가가 얼신거려 봤다. 역시 못 알아본다. 어찌 됐건 준성은 소녀에게서 눈을 떼지 못한다. 버스가 서는가 싶더니 소녀가 일어났다. 동시에 끈이라도 묶인 것처럼 광필이와 기현이도 일어났다. 소녀가 앞장서고 광필이가 그 뒤를 따르고 한발 떨어져 기현이도 합세했다. 도대체 뭣들 하는지 준성이도 뒤를 쫓았다. 상가를 지나 골목길에 다다랐다. 소녀는 힐끔 뒤를 돌아본다. 뭔가 뒤통수를 자극했나 보다. 순간 광필이는 몸을 숨긴다.

"야 임마 왜 숨어? 가서 얘기해 빙신아."

"아 아니 그게 말이지." 하며 광필이가 우물거리자 기현이가 나서려 한다.

"야야 좀만 기다려. 내가 가서 말해 볼테니까…."

광필이는 짐짓 다짐하듯 말했다. 뒤를 확인한 소녀는 다시 걷기 시작한다. 쫄래쫄래 광필이가 다시 따라간다. 뭔가 말을 하긴 해야겠는데 도대체 생각이 나질 않는다. 아니 소녀 앞에 서면 그 광채 땜에 아무런 말도 못 할 것 같았다. 기현이는 속이 터진다. 벌써 이런 짓이 몇 번째냐 말이다. 하교 시간만 되면 도와 달라, 밀어 달라, 같이 가줘라, 이번이 마지막이다… 광필이의 닦달에 미칠 지경이었지만 그놈의 의리 땜에 맨날 이 짓을 하고 있다. 이번엔 정말 자신이 나서서 두 사람을 연결하려 했지만, 병신같은 광필의 순애보를 잘 아는 터라 함부로 나서지도 못한다. 익히 잘 알고 있는 골목길이라

소녀의 집이 곧 나타날 것을 알고 있는 광필은 속이 탔다. 오늘도 허탕 치고 말까? 뭔 말을 하지? 쿵쾅거리는 가슴을 주저앉혀야지. 차분히 그리고 멋있게 말하는 거야. 빵집 가자고. 다짐하고 또 다짐하고 있는데 소녀는 집으로 쏙 들어가고 말았다.

"어 어 어."

광필이는 애타는 손으로 허공을 저어 보지만 상황 종료.

"어휴 저 빙신. 야 니 또…."

기현은 뒤통수를 빡 때리고 싶었지만, 친구의 애절한 손짓과 눈길을 보고 차마 그럴 수 없었다. 투명인간 준성은 씩 미소를 짓는다. 그래도 혹시 들킬까 봐 표정관리에 들어갔다.

"야 그게 무신 역사고? 혼자 앓다 만거지."

준성은 확신했다. 자신이 소녀를 가질 수 있을 것이라고.

"그래도 광필이 절마 안 불쌍하나? 지따나 얼마나 노력했겠노? 근데 그게 잘 안되는 기라. 내는 광필이의 맴을 자알 안다."

"개뿔… 노력은 무신?"

"니 설마… 광채 건드리지 마래이. 광필이 자살한데이…."

"자살은 무슨 자살… 솔직히 광필이가 한게 뭐있노? 따라다닌 것 밖에. 여자 마음을 훔치려면 정성을 쏟아야 하는 기라. 옷을 사주든, 화장품을 사주든, 아님 가방이라도 들어주든…."

“야 임마. 니 친구아이가? 아무리 여자에 눈이 멀어도 그라면 안 되는 기라. 광필이 절마 저거 우리한텐 거들먹거려도 여자한텐 진짜 순둥이인기라. 그 착한 광필이에게 상처를 줘서 되겠나? 그것도 친구가.”

기현이 말이 백번 옳았다. 하지만 내 맘은 어쩌란 말인가? 소위 선점 효과란 말이 있다. 이럴때도 적용되는지는 모르겠지만 지금 준성은 그 선점 효과땜에 낭패를 보고 있다고 생각했다. ‘선방을 날리면 다가? 처음에 몇 번 맞더라도 나중에 역전하는 경우가 얼마나 많노? 나는 광필이처럼 우물쭈물 하진 않는다. 좋아한다고 딱 깨 놓고 말하고 대쉬 하는 기라. 뭐가 그리 어렵노? 하나도 어려울거 엄다. 가가 싫다 해도 될 때까지 밀어붙이면 되는 기라. 근데 내가 그라면 광필이 절마는 어짜노? 내 친구 아이가… 하기야 밀어 붙여도 잘 된다는 보장은 엄지… 그라고 나도 가 앞에서는 광필이처럼 얼음이 될지도 모른다 아이가? 가의 광채가 내 눈과 입을 멀게 할 수도 안 있겠나….’

생각이 여기까지 미치자 갑자기 광필이의 뒷모습이 떠올랐다. 소녀 집 앞에서 맥없이 고개를 떨구고 망연자실 서 있던 광필이가. 그리고 허공을 휘젓던 광필이의 손도. 준성은 선택의 여지가 없게 됐다. 이미 광채 소녀보다는 친구 광필이에게 맘이 돌아서 있었다.

“아이씨. 그놈의 정땜에… 기현아 광필이 절마 단디 해라 케라이.”

"그래 바로 그긴 기라. 생각 참 잘 했데이."

기현이는 준성이를 다시 보게 됐다. 참 귀엽고 예뻤다. 지금까지 한 번도 준성이를 그렇게 생각해본 적이 없기 때문에 기현이 자신도 놀랬다. 게다가 남자답기까지 했다. 기현이는 준성이의 뒤통수를 한방 갈겼다. 기이쁜 정을 담아서. 준성이가 가만있을 리 없다. 반격을 가한다. 둘은 지금 티격태격 아웅다웅하고 있다. 서로의 정을 드음뿍 담아서.

사실 놈들에겐 대안이 있었다. 성표와 같이 만났던 미팅녀들. 준성은 말자를, 광필이는 영옥을. 하지만 둘 다 광채 소녀에게 잠시 마음을 뺏겼던 것이다. 20번 버스 안에서의 로맨스는 그것대로 진행됐고, 말자와 영옥과의 로맨스도 그것대로 진행됐던 것이다. 나중에 안 사실이지만, 둘 다 광채 소녀는 저 멀리 있는 환상에 지나지 않았다는 것을. 결국 해프닝에 그치고 말았다는 것을. 그때 고교 시절에는.

결전의 날 - 학력고사

성표는 오늘따라 신이 났다. 아침에 일어나자마자 이렇게 신나보기는 처음이었다. 정확히 말하면 완전 들떠 있다. 왜냐면 오늘이 바로 학력고사 날이기 때문이다. 어릴 적부터 기다리고 기다리던 서울 갈 수 있게 하는 날, 고기 배터지게 먹을 수 있게 하는 날, 바로 그날이기 때문이다. 오늘을 위해 지금껏 칼을 갈고 또 갈았다. 세상에서 가장 쉬웠던 것이 공부요, 세상에서 가장 잘 할 수 있었던 것이 공부였다. 그 공부의 최고봉, 집대성이 학력고사 아닌가? 신이 아니 날래야 아니 날 수 없었다. 아침 밥상을 향하는 숟가락질도 어쩜 저렇게 절도가 있을 수가. 젓가락질도 각이 확확 꺽이며 승리를 눈앞에 둔 맥아더 장군처럼 위세 등등했다.

"야 아범아 일마 왜 저리 힘들어 가노?"

옆에 있던 할배가 성표 아버지께 물어봤다.

"글씨 지도 마 성표하는 꼬라지가 좀 이해 안됩니더."

두 분은 숟가락도 뜨지 못하고 성표 하는 작태를 물끄러미 쳐다볼 뿐이었다. 성표는 두 분의 목소리가 안 들리는 듯 각 잡으며 지속

흡입하고 있다. 오늘은 특별한 날이라 두 분은 성표를 상석으로 불러 같은 밥상에서 밥을 먹고 있었다. 처음으로 할배와 아버지와 함께 같은 밥상에 앉아서 신이 났겠지, 아님 밥상에 올려진 고기를 보고 신이 났겠지 하며 두 분은 성표의 상태에 대해 헛다리를 짚으며 숟가락을 들었다. 상석에서 좀 떨어진 말석에서도 식구들이 성표를 쳐다본다. 두 분 어른들과 같은 심정으로.

각 잡힌 숟가락질은 발길질에서도 여전히 계속됐다. 보무도 당당한 발걸음은 분명 성표였다. 그 뒤로 준성이며 광필이며 기현이 주보가 내시처럼 성표를 옹위하며 걸어온다. 시험장 앞에 도열해 있던 넝언고 후배들이 성표를 발견하곤 꽹과리와 북을 치며 함성을 내지른다. 드뎌 전교 1등, 예비 서울대생, 3년 동안 한번도 1등을 놓쳐본 적 없는 그 유명한 선배 김성표 선배가 입장하기 때문이었다.

"김성표, 김성표, 가자 가자 가자 서울대."

"김성표 김성표 앗싸 앗싸 앗싸 김성표."

"v i c t o r y, 빅토리 빅토리 김성표."

온갖 응원 소리가 들려왔다. 성표는 살짝 수줍었다. 대 놓고 후배들이 이름을 부르니 약간 부끄러웠다. 그래도 기분은 하늘을 날 것 같았다. 기분 좋은 사람은 성표만이 아닌 모양이다. 갑자기 준성이가 성표 앞으로 성큼 나섰다. 그리곤 지체없이 손을 흔들며 응원에 화답했다. 마치 대통령이 국민들에게 손을 흔들 듯이. 그러자 광필이도 질세라 나선다. 이번엔 두 손을 흔들며. 이를 본 기현과 주보는 기겁을 하며 두 놈을 끌고 교문 안으로 냅다 들어간다. 일순간 교문 앞은 웃음바다가 되었다. 성표도 씨익 웃으며 교문으로 들어선다. 아차 싶었던지 성표는 다시 교문 밖으로 나왔다. 그러고선 시험장을 바라보며 깊게 심호흡을 하며 각진 눈으로 의지를 다진다. 꼭 서울대 가겠노라고. 이를 본 후배들은 다시 한번 난리법석을 떤다. 박수치며 환호하며 '김성표 김성표 아자 아자 아자 김성표!!!' 드뎌 성표가 각진 팔과 각진 발로 교문을 들어섰다.

시험은 일사천리로 봤다. 너무 쉬웠다. 모의고사며, 야간자습이며, 그동안 공부했던 모든 것이 살아 있는 비디오로 눈앞에 펼쳐졌다. 하여 답을 찾기가 너무 쉬웠다. 어떤 문제는 토시 하나 안 틀리고 똑같았고, 어떤 것은 살짝 문장의 순서만 바꾸어 놓았다. 휘파람이 절로 났다. 얼마나 빨리 풀었는지 시간이 남아돌았다. 한번 쓱 검사해보고 에라 잠이나 자자며 책상에 엎어졌다. 당연히 답안지는 옆으로 빼놓고. 놈들이 볼 수 있게.

반대로 놈들은 이제부터 본격적인 시험이다. 성표를 둘러싸고 놈들의 눈들이 반짝이기 시작했다. 그 큰 시험장이 힘이 잔뜩 들어간 놈들의 날 선 눈들로 꽈악 찼다. 성표 바로 뒤에 앉은 준성이가 재빨리 답안을 빼낀다. 그 답안을 그 뒤의 광필이가, 그것을 양옆에 앉은 기현과 주보가 빼기기 시작한다. 성표의 답안이 놈들에게 완벽하게 스캔 되는지는 알 수 없다. 다만 미리 짜놓은 각본대로 순서대로 정성스럽게 신속하게 옮길 뿐이다.

시험감독은 생각보다 느슨했다. 니들 인생이니까 니들이 알아서 해라. 컨닝을 하더라도 기술적으로 해라. 내 눈에 띄지만 안으면 된다. 잡히든지 말던지 그건 니들 팔자소관이다. 놈들은 이미 리허설을 마친 상태이기 때문에 감독의 눈을 피하는 것은 식은 죽 먹기였다. 게다가 어쩌다 감독과 눈이 마주쳐도 순한 양의 눈으로 돌변하면 그만이었다. 분명 감독이 눈치챘을 것 같은데 아무런 제재가 없었다. 시험감독도 봐라 봐. 컨닝해봤자 얼마나 하겠노? 잡아 봤자 뒤처리 하느라 골치만 아플 뿐이야. 괜히 책상 사이를 왔다 갔다 할 뿐 적발의 의지는 없었다.

시험 종료 벨이 울리자 수험생들은 일제히 자리에서 일어났다. 어 근데 놈들의 표정이 심상치 않다. 성표는 평소처럼 담담한데 놈들은 꽉 다문 입에 어깨에는 뽕이 들어간 것 같고 눈은 아침에 성표 눈처럼 각이 들어가 있었다. 발걸음도 각진 것을 넘어 경쾌하기 이를 때 없었다. 이젠 성표는 안중에도 없다. 성표 니 역할은 다 끝났다는 듯이. 이는 분명 시험을 잘 본, 아니 컨닝을 잘한 놈들의 교만이리라. 어쨋거나 성표도 기분이 좋았다. 생각대로 신나게 시험을 봤고 이젠 진짜 서울 갈 수 있을 것 같았기 때문이다. 아침에 내시였던 놈들이 이젠 왕이 되어 앞장서서 힘주고 걷건 말건 상관없었다. 이젠 성표가 놈들의 뒤를 따르고 있다.

정답이 궁금했고 점수가 궁금했지만 오늘 하루만은 쉬고 싶었다. 놈들은 간만에 시내로 진출하기로 했다. 뭐 특별한 계획이 있어서가 아니라 그냥 나가고 싶었다. 대구에서 들리는 소문에 따르면 음악다방이라는 데가 있다고 한다. 김천에도 영업 중인데 거기에 가보기로 했다.

"오 오 원더풀 원더풀 월드. 저 불빛들과 음악이 요렇게 이쁜지 첨 알았네. 야들아 저 봐라, 사람들, 얼마나 사랑스럽냐?"

준성이가 가게에서 스며 나오는 음악과 불빛을 보며 너스레를 떨자 광필이가 거들었다.

"미친놈 와 여자가 아니고 사람들이고? 니 눈엔 여자만 보이제? 맞제?"

"광필아 광필아 제발 오늘만은 좀 신성해지자. 학력고사 본 이 좋은 날에 그런 상스런 생각을 하노? 제발 광필아."

"미친놈 지랄하네. 학력고사 한번 보면 신선 되겠네."

"놔둬라. 시험을 얼마나 잘 봤으면 저러겠노?"

광필의 시큰둥한 반응에 기현이가 나름 해석을 내놓았다.

"맞나? 준성이 니 잘 봤나? 니가 잘 봤으면 우리도 잘 본거 아이가?"

주보도 중계방송하듯 이 상황을 정리하려 한다.

"오 그러네. 준성이가 잘 보면 우리가 잘 본거 맞네. 그래 되는 기니."

이제야 준성의 태도를 이해할 수 있다는 듯 광필이가 들뜨기 시작했다. 이제야 놈들은 상황 파악이 된다는 듯 쾌재를 부르기 시작했다.

"야호 앗사 오예 우웃."

놈들은 세상에 있을 수 있는 모든 감탄사는 다 뱉어냈다. 거리를 가득 메운 사람들의 시선은 아랑곳없이 놈들은 그들만의 축제에 빠졌다. 준성이가 소리 지르며 내달리자 약속이나 한 듯 놈들이 그 뒤를 따랐다.

다만 성표는 그런 놈들을 미소 지으며 바라볼 뿐이었다. 물고기 한 마리로 수천 명을 먹이신 어느 분처럼… 성표도 참으로 기뻤다. 자신으로 인해 친구들이 저렇게 좋아하고 또 놈들과 서울에 함께 갈 수 있을거라 생각하니 벅차기까지 했다. 한참을 내달리던 놈들이 성표가 없다는 사실을 알고 다시 성표 쪽으로 달려와 성표 손을 잡아끌고 김천 시내를 뛰기 시작했다. 하늘에서 바라본 김천 시내는 정말 아름다웠다. 이 세상을 다 가진듯한 10대들의 젊은 표효와 함께.

"와우 이 음악 소리 봐라."

계단을 오르던 준성이가 윗층에서 흘러나오는 웅장한 음악 소리에 감탄한다. 문을 열고 들어서자 까만 어둠 속에서 천상의 소리인 듯 베토벤의 운명이 흘러나왔다. 성표를 비롯한 놈들은 입을 다물 수가 없었다. 생전 처음 들어보는 클래식 선율은 온몸을 경련시켰다. 현악기와 타악기, 관악기의 자연스러운 어울림은 촌놈들의 머리부터 발끝까지 타고 오르내리며 알 수 없는 흥분과 감동을 주었다. 꼼짝달싹 못하고 얼어붙은 촌놈들은 주인인듯한 누군가의 손짓에 의해 빈자리를 찾아 앉았다. 오 이 푹신함이란. 엄마의 품보다도 더 아늑하고 따뜻한 것 같았다. 아니 기억하진 못하지만 엄마의 뱃속 같았다. 다 자란 놈들을 충분히 감싸 안고도 남는 넉넉한 공간과 적당히 기울어진 각도는 스르르르 눈을 감게 만들었다. 세상에 이런 경지가 있단 말인가? 장엄하고도 숭고한 이 분위기는 뭐란 말인가?

놈들은 자신도 모르게 음악에 파묻히고 또 의자에 파묻히고 있었다.

어느덧 음악이 바뀌 스티브 원더의 I Just Called To Say I Love You 가 흘러나오고 있었다. 잠에 빠진 듯한 놈들과 달리 성표는 음악에 완전 빠져있다. 가사 내용은 잘 모르겠으나 누군가를 그리워하는 선율임에는 분명했다.

'어찌 내 마음을 이리도 잘 알까? 왜 하필 이 음악이 나올꼬? 주희야 니는 시험 잘 봤제? 잘 봐야 한데이. 그래야 서울대서 만나지.'

사실 성표는 오늘 이 순간까지 한시도 주희를 놓아 본 적이 없다. 서울대 가려는 것도 어쩌면 주희를 만날 수 있을 것 같았기 때문이다. 고기에 대한 욕구와 주희에 대한 그리움, 이것이 합쳐져 서울대라는 분명한 목표가 생긴 것이었다. 이제 곧 있으면 서울대에 갈 수 있을 거라 생각하니 주희에 대한 그리움이 더 짙어졌다. 잘은 모르지만 노래말대로 주희가 없다면 그 어떤 것도 의미가 없을 것 같았다. 전화번호라도 알면 당장 전화했으리라.

'오 주희야 제발 서울대서 만나자.'

학력고사 성적

연이어 쳐지는 빨간색 똥글뱅이. 준성이의 손이 바쁘다. 전날 교육방송에서 발표된 정답과 맞추어보며 준성은 미소를 거둘 수가 없다. 옆의 광필이와 기현, 주보도 바쁘긴 마찬가지다. 성표만 그런 놈들을 쳐다볼 뿐이다.

'짜식들 맞춰볼 필요가 뭐 있어. 대충 감으로 몇 점인지 다 아는데.'

성표의 밑도 끝도 없는 자신감은 어디서 오는 걸까?

고등학교 올라올 때부터 공부에 관한한 신이 되었다. 그렇게 쉽고 신나기만 한 공부를 왜 사람들은 어렵다고 하는지 도무지 모를 일이었다. 책을 한번 보기만 하면 외워지던데. 다른 사람들은 그게 안 되나? 아님 책을 안 보는 건가? 성표는 사람들이 책을 안 보거나 보는 척하기 때문이라고 단정해버렸다. 그리고 어제 시험은 너무 쉬워서 시험시간의 반은 잠으로 때웠다. 놈들에게 원활한 컨닝 타임을 주기 위해서 잠을 자 주는게 최선의 배려였기 때문이다.

그래도 성표는 답안 쪽지는 만들어 왔다. 혹시나 해서였다. 대충 점수는 알고 싶었다. 서울대는 충분히 갈 수 있겠지만 그래도 사람 일은 알 수 없으니까. 놈들이 호들갑 떨며 가채점을 할 때 사실 은근히 신경 쓰였다. 놈들의 점수가 자신의 점수일테니까.

"오오 성표야 나는 302점이다. 앗싸 마의 300점 넘었다. 넘었어."

준성이가 생난리다.

"야 근데 나는 왜 289점이냐?"

광필이가 또 다른 난리를 쳤다.

"내가 아냐? 니가 컨닝을 잘 못 했겠지?"

준성은 다른 사람이 들을까봐 최대한 낮게 말했다.

"야 새끼야 그런 말이 어딨어? 니 혹시 나한테 장난 친거 아이가?"

광필이도 또한 최대한 낮게 따졌다.

"미친놈."

준성은 싹 무시해버렸다.

"어 난 293점이네."

표정관리 하면서 기현이가 말했다.

"난 291점 나왔어."

주보는 예상했다는 듯이 덤덤하게 말했다.

"야 뭐야 도대체. 왜 내 점수만 80대냐고?"

광필이는 남이 듣든 말든 확 소릴 내질렀다. 따지고 보면 주보와 2점 차이밖에 나지 않았지만 점수가 젤 안 나왔다는 것에 화가 치밀었다. 광필이의 고함에 교실에 있던 반애들의 시선이 모두 광필에게 쏠렸다.

"임마가 미쳤나?"

준성이가 얼른 광필의 입을 손으로 막았다. 광필이는 사태파악이 된 듯 깨갱거리며 분을 싹혔다. 준성은 분위기를 바꾸려고 성표에게 관심을 돌렸다.

"성표야 니는 몇 점이고?"

"어 난 모르는데. 안 매겨봤어."

"이리 줘봐라. 내가 함 채점 해보께."

성표의 답안 쪽지를 낚아챈 준성은 똥글뱅이를 치기 시작했다. 이건 뭐 전부 다 동그라미다. 손이 아플 지경이었다. 지친 준성은 동그라미 대신에 틀린 것만 찾아 작대기 표시를 하는게 좋겠다 생각했다. 근데 틀린걸 찾을 수가 없었다. 작대기를 긋고 싶은데 당체 틀린게 없었다.

"미친 놈 완전 괴물이네. 이 새끼 이거 다 맞는거 아이가?"

준성은 이상하게 긴장됐다.

"내가 와 긴장하노? 내꺼도 아닌데."

그런데 묘한 긴장감은 계속되었다. 마지막까지 작대기가 쳐지지 않기를 바라면서 준성은 눈알을 굴리며 정답과 성표의 답을 맞춰 나갔다. 옆의 놈들도 긴장하기는 마찬가지였다.

"와 일마 이거 다 맞겠는데. 전국 수석하는거 아이가?"

준성이가 살짝 흥분해서 말하자 이젠 반애들 모두가 몰려들었다. 작대기 칠려고 대기하고 있는 준성의 손가락 끝에 모든 시선이 모였다.

살짝 떨리는 준성의 손가락,

이를 지켜보는 놈들의 눈,

반애들의 숨죽인 얼굴,

묘한 흥분과 긴장감이 온 교실을 휘감고 있었다.

성표는 그저 지그시 눈을 감고 관음보살인지, 문수보살인지, 아님 부처님인지 알 수 없는 초연한 어떤 분의 표정을 지으며 뭔가를 생각하고 있는 듯 했다.

성표는 지금 고기를 먹고 있다. 주희와 함께. 서울대에서. 바라고 바라던 바가 이루어진 것이다. 근데 고기가 너무 많아 상당한 양이 시커멓게 타고 있었다. 뒤집고 뒤집어도 타고 또 탔다. 성표는 속이 탔다. 아이고 이렇게 아까운 거를. 이라면 안 되는데. 와 자꾸 타노. 주희야 니도 좀 뒤집어 봐라. 다급하게 주희를 쳐다본 순간 성표는 뒤로 나자빠지는 줄 알았다. 주희야 니 얼굴이 니 얼굴이… 손으로 주희 얼굴을 가르키는데, 그 얼굴이 고기처럼 타들어 가고 있었다. 주희야 외치며 와락 주희 얼굴을 안는데 "아아~~" 큰 탄성소리가 터졌다.

빨간 짝대기 하나가 쫙 그어졌다.

"아이고 여서 하나 틀렸네."

준성은 맥이 딱 풀어졌다. 마찬가지로 반 전체의 긴장감이 아쉬움으로 바뀌는 순간이었다. 저마다 탄성을 내며 아쉬움을 토로했다.

"야들아 아직 끝난게 아이데이. 몇 문제 남았으니까 좀 있어봐라."

준성은 다시 긴장 모드로 들어갔다. 다행히도 남은 다른 문제는 작대기를 피해갔다. 최종 스코어는 319점. 만점에서 하나 틀린 것이다.

"아 아 주민 여러분… 아니 3학년 2반 여러분 우리의 김성표가 320점 만점에 319점을 맞았습니다. 우리의 경사입니다. 모두 축하해주이소."

준성이가 있는 힘을 다해 외쳤다.

와아 김성표 김성표.

우레와 같은 함성과 함께 연신 성표의 이름이 올라왔다. 성표는 꿈에서 막 깨어난 듯 눈이 휘둥그래해지며 멋쩍게 살짝 웃어 보였다. 복도 창 너머로 본 2반 교실은 말 그대로 도떼기 시장처럼 왁자했다. 혹시 우리 반에서 전국 수석이 나올지도 모른다는 기대감 때문에.

"야 근데 우째 된 심판이고? 성표는 한 개 틀렸는데 우리는 왜 그리 많이 틀렸노? 그리고 광필이 닌 특히 마이 틀렸다 아이가?"

교문을 나서며 준성은 샬록 홈즈처럼 말했다.

"그래 말이다. 고게 의문인기라. 성표가 잘못 보여준거는 아닐끼고. 왜냐, 성표 절마는 잤단말이지. 답안지를 옆으로 밀어놓고. 그럼… 준성이 니네. 니가 원흉인기라. 니 분명히 잘 못 빼낀기라."

준성을 쏘아보며 광필이가 일갈했다.

"그런가… 니 말이 맞는 것 같기도 하고… 근데 니는 왜 점수가 더 낮아졌노? 니도 잘못 빼낀기가?"

죄인이 될뻔한 준성이가 또 다른 죄인 광필에게 쏘아 붙였다.

"그치… 나도 그런갑네… 왜 잘못 빼꼈지? 그럼 기현이하고 주보는 왜 나보다 점수가 더 잘 나왔노? 이번엔 준성이는 빠지고 니들이 해명해봐라."

광필의 말에 빠지려던 준성이가 썩 끼어들었다.

"니하고 나하고는 댓따 그냥 무식하게 빼낀기고 자들은 창의적 컨닝을 한 기라."

"창의적 컨닝?"

"그러니까 거 뭐꼬… 컨닝은 하되 지 나름대로 해석을 해서… 어 그러니까… 에이 모르겠다. 너거들이 직접 설명해봐라."

심중은 있으되 설명이 안되는 준성이가 두 놈에게 바톤을 넘겼다.

"창의적인 것까지는 아니고… 그냥 빼기다가 답이 아닌 것 같다고 생각 되는게 있어서 몇 개 내 생각대로 함 적어 본긴데…."

머리를 긁적이며 주보가 해명했다.

"난 사실 컨닝할 시간이 없을 것 같아 그냥 내가 풀어 봤다. 물론 몇 개는 니들 답안을 따라 적었지만…."

착한 기현이가 미안해하며 말하자 준성이가 나섰다.

"미안할 것 엄다. 하기야 니는 거리가 멀어서 빼껴쓰기도 힘들었을 기다. 그냥 기현이 니는 니 실력대로 친거로 인정, 인정하게. 여하튼 우린 성공한기라. 이 정도 성적이면 모두 다 서울갈 수 있을 끼다. 맞제?"

"맞긴 개코가 맞나? 나만 엉망인데. 289. 이 점수 갖고 서울대 갈 수 있겠나? 아부지가 서울대 가면 뭐든 다해준다 했는데. 이게 뭐꼬?"

광필이가 울상이다.

"광필아 서울에는 서울대만 있는게 아이다. 진정해라. 대학 고거는 나중에 생각하고 우리 파티하자. 학력고사도 끝났고 점수도 상위권으로 나왔으니 그냥 마 잊아뿌고 우리만의 시간을 갖자. 알았제?"

시무룩해 있는 광필의 어깨를 토닥이며 준성이가 깃대를 잡았다.

"자 나를 따르라~~."

성표는 이 모든 상황이 자기 때문인 것 같아 미안했다. 또 놈들의 추론이 나름 명쾌하다고 생각하면서도 괜히 웃겼다. 성표는 파티에 대한 기대를 안고 준성과 놈들의 뒤를 따랐다.

생애 첫 술

놈들을 이끌고 자취방으로 향하던 준성은 뭘 할지 골똘히 생각하기 시작했다.

'놈들은 내가 뭔가 거창한 계획이 있을 거라 생각할 것이다. 근데 뭐 나라고 특별한 계획이 있겠나. 뭘하지?'

한참을 걷던 준성이가 갑자기 발걸음을 멈추었다. 동시에 놈들도 갑자기 바뀐 신호등에 밀린 차처럼 급하게 섰다.

'그래 낮술 함 하자. 그동안 참고 참아왔던 술. 그거 함 무 보자.'

사실 놈들은 숙맥, 아니 모범생이었다. 최소한 학교의 기준으로 봤을땐. 몰려 다닐줄 만 알았지 학교에서 하지 말라는 것은 절대 하지 않았다. 본인들의 노력으로 하지 않은 것은 아니고 그냥 하지 말라는 것을 하면 큰일 나는 줄 알았다. 그건 어릴 적부터 어른들의 말은 절대복종해야 한다는 일종의 몸에 밴 철칙이었다. 그 철칙은 아버지의 아버지 그 아버지의 아버지 때부터 면면히 이어져 온 전통 같은 것이었다. 가난한 농촌에서 자연의 섭리를 철저히 따라야 입에 풀칠할 수 있었다는 역사적 팩트도 이들의 철칙을 공고히 하는데 한몫 했다. 계절의 변화에 맞게 씨 뿌리고 거두어야 하는 자연의 섭리처럼 어른들의 말씀은 무조건 하늘의 말씀이었다.

준성은 이젠 술 먹을 때가 됐다고 생각했다. 학교에서 금지하는 모든 것이 해제되는 시점은 바로 학력고사 이후였다. 그렇게 생각했다. 남들이 뭐라든 대입시험 이후엔 뭐든 해보리라. 다짐하고 다짐했던 지난 어린 시절이 아니었던가?

'그래 바로 오늘이야. 오늘 역사적인 테입을 끊으리라. 술. 진탕 함 먹어보는 거야. 그놈이 어떤 맛인지.'

준성은 곧바로 점방으로 향했다.

'집앞 점방 주인은 아직까지도 나를 어린애 취급할 거야. 될 수 있는데로 집에서 멀리 떨어진데서 사야 해.'

준성의 발길은 빨라졌다. 놈들도 갑자기 빨라진 준성의 걸음을 쫓느라 바빠졌다. 성표는 대체 뭣 하려고 그러는지 갸우뚱하며 한 배를 탄 놈들과 재빨리 노를 저어 갔다.

"이거 하나 주세요."

준성은 댓병짜리 소주를 가르키며 말했다. 놈들은 준성이 점방에 들어설 때부터 대충 짐작은 하고 있었다. 아무 말없이 빨라진 걸음과 뭔가 분명한 목표를 가진 듯한 준성의 표정에서 이미 알고 있었다. 술 사러 간다는 걸. 준성의 마음이 곧 놈들의 마음이었으니까. 놈들도 술을 한번 먹어봐야 한다고 생각했으니까. 오늘이 그날일지 모른다고 예측했으니까. 근데 댓병을 사다니. 그건 예상 밖이었다.

"야 뭔 댓병이야. 작은 거 사."

기현이가 기어들어가는 목소리로 말했다.

"가마이 놔 둬 바라. 준성이 절마 하는데로 놔둬 보자."

광필이가 뭔가 잔뜩 기대하는 표정으로 기현이를 말렸다.

"그래도 처음인데…."

주보가 걱정을 더했다. 준성은 놈들의 말을 듣는 둥 마는 둥 댓병 2개와 킨 사이다, 오란씨 1병 씩, 새우깡과 짱구, 쫀득이를 집어 들었다. 결연한 얼굴로. 성표는 그중 쫀득이에 눈길이 갔다. 그런 성표를 기현이가 알아채고 쫀득이 하나를 더 집었다.

"야 니 뭐꼬? 됐다 이건."

광필이가 뺏으려 하자 기현이는 눈짓으로 성표를 가르킨다.

"아 아 그래 그래. 절마 땜에 사는 기가?"

광필이가 인정 모드로 성표를 바라보자 성표가 씩 웃었다.

"하여간 못 말린다니까. 절마 저거 와 저리 좋아 하노? 고기도 아인거를."

광필이가 기가 차서 말했다.

"그래도 쫀득이가 고기 비스무래 해가지고 성표가 좋아한다 아이가."

주보도 다 안다는 듯 거들었다.

"자 이제 가자."

어느새 계산까지 마친 준성이가 군장 점검을 마친 소대장처럼 앞장서며 말했다. 놈들은 이번엔 소대원이 되어 준성의 뒤를 따랐다. 가열찬 전투에 임하기 위해.

소주 댓병 2병과 컵들이 방바닥에 놓여 있다. 출처가 분명하지 않은 컵들은 크기와 색깔, 모양이 다 제각각이다. 아마도 이집 저집 자취방에서 끌어다 모은 것이리라. 심지어 깨진 것도 있다. 무질서의 극치다. 그 옆으로 새우깡과 짱구가 묘한 냄새를 풍기며 신문지 위에서 뒹굴고 있다. 쿰쿰한 새우 냄새와 짱구의 단내가 신문지 잉크 냄새와 뒤섞인 오묘한 냄새. 술꾼들에겐 술맛을 자극하는 낯익은 냄새다. 하지만 놈들에겐 처음 맡아 보는 국적불명의 레시피다. 놈들은 신성한 의식을 치르는 양 긴장을 넘어선 의연한 자세로 오늘의 재물을 쳐다보고 있다.

근데 쫀득이는 어디로 간 것일까?

이들과 좀 떨어진 곳에 쫀득이가 떡 하니 자리하고 있다. 누군가의 앞에. 마치 다른 상을 차린 것처럼. 왜 쫀득이는 이래 떨어져 있을까? 그렇다. 오로지 성표를 위한 상차림이다. 성표에겐 다른 것은 필요 없었다. 고기 아닌 고기 같은 쫀득이는 성표만을 위한 재물이었다. 성표는 쫀득이를 지긋이 바라보며 알 듯 말 듯 한 미소를 짓고 있다.

"자 각자 잔 하나씩 들어 봐라."

준성이가 제사장처럼 말하자 놈들은 살짝 눈치를 보며 잔을 집어 들었다. 준성은 댓병 소주 마개를 천천히, 아주 천천히 돌려 따기 시작했다. 모든 기를 마개에 모아 제를 지내듯이 정성스럽게 돌렸다.

'우리는 지금 생애 첫술을 마신다. 비로소 이 지긋지긋한 고등학생의 사슬에서 풀려나는 것이다. 드디어 어른의 반열에 올라서는 것이다. 자유가 넘쳐나는 성인의 지위에 오르는 순간이다 말이다. 이제는 우리는 뭐든 해도 된다 말이다.'

마개를 다 딴 준성은 한 놈씩 한 놈씩 힘주어 보며 한 잔씩 한 잔씩 소주를 힘주어 따랐다. 놈들도 자신도 모르게 두 손을 받쳐 들고 힘주어 받았다.

“자 이거 다 마셔뿌자. 전문용어로 원샷이다. 알았제? 이제 고등학생은 역사 속으로 사라지는거 아이가 맞제?”

말이 끝나자마자 심호흡을 한 번 하고 준성은 원 샷 했다. 연달아 놈들은 파도타기 하듯 한잔씩 한잔씩 들이켰다. 성표는 마지막 순서였지만 앞의 기현이가 다 마시기도 전에 잔을 확 들이다 부었다. 빨리 쫀득이를, 고기를 먹고 싶었기 때문이다. 어 근데 손이 쫀득이에 닿기도 전에 머리가 어질어질했다. 성표 뿐만이 아니었다. 놈들도 모두 빙빙 돌기 시작했다. 자취방 천장이 찌부러지며 쏟아지는가 싶더니 방바닥이 위로 쏟구치기 시작했다.

‘도대체 여가 어데고? 와 이리 어지럽고 속이 메스꼽노? 어 저건 뭐꼬?’

쫀득이 위에서 김이 모락모락 피어오르기 시작했다. 성표는 이상하다 싶어 머리를 흔들고 눈을 감았다 다시 들여다보았다. 근데 이번엔 불판 위에 쫀득이가 올려져 있고 서서히 익어면서 고기로 변하기 시작했다. 성표는 자신도 모르게 침을 흘렀다. 한 덩이를 집어 입에 넣으려는 순간 왁 오바이트가 쏟아졌다. 옆의 놈들도 왁 왁 하긴 마찬가지였다. 신성한 제사장은 술집 뒷골목 오바이트장이 되어 버렸다. 안주는 입에도 못 대고 놈들은 원샷 원킬 되었다. 배를 잡고 나뒹거는가 하면 벽 잡고 속의 것을 개워 내기 시작했다. 소주병이며 안주며 정성스럽게 마련된 제기와 재물이 한데 뒤엉켜 엉망진창이 돼버렸다.

놈들은 한참 후에야 알았다. 원샷의 규모가 한잔이 아니라 한 컵이었다는 사실을. 자취방에서 쓰던 물컵을 잔으로 사용했으니 놈들이 원킬 될 수밖에. 것도 생애 첫술인데.

자취방은 나름 질서가 잡혔다. 널부러진 안주며 소주병, 널부러진 오바이트들, 이것들과 나란히 널부러진 놈들. 이젠 코까지 골며 놈들은 깊은 잠에 빠졌다. 단 한 사람 기현이만 빼고. 기현은 잠꼬대처럼 뭔가를 읊조리기 시작했다.

'내 마음 외로울 땐 눈을 감아요오오

자꾸만 떠오르는 그대 생각에에에……

사랑이 끝났을 때에에에~~ 남겨진 이야기는

시들은 꽃잎처러러엄~~

흐르는 세월을 아쉬워 하겠지이이이~~'

알코올의 힘으로 김수희의 빙의가 내린 기현은 '기다리는 여심'을 평소보다 더 애잔하게 꺾어내고 있었다. 비몽사몽간에.

일일찻집

손에서 손으로 뭔가 전해지고 있다. 버스표 같긴 한데 색깔이 빨간색이다. 가격도 천원이다. 열심히 표를 돌리고 있는 사람은 준성이다.

"야 너거들 꼭 온나. 이거 팔아서 좋은 일에 쓸 끼다. 그라고 맛도 쥑인다. 꼭 온나 알았제?" 준성이가 넉살 좋게 반애들에게 일일찻집 표를 팔고 있다. 반 놈들은 좋은 일에 쓰이든 말든, 차 맛이 있던 없던 오로지 한 가지 목적만으로 표를 사고 있다. 찻집이 열리는 곳에는 반드시 여학생들이 온다. 전 교정에서 펼쳐졌던 느슨한 학예회 때보다 10평 남짓한 공간에서 더 긴밀한 접촉을 할 수 있다. 여학생들을. 마지막 십대를 보내는 놈들에겐 이 보다 더 좋은 기회가 없다. 어쨌던 가서 들이대야 했다. 대학가기 전에 반드시 아름다운 추억을 만들어야 했다. 베일에 싸인 여자라는 인간과 함께.

보니 엠의 해피송이 신나게 울려 퍼지고 있다. 일일찻집은 발 디딜 틈도 없이 꽉 찼다. 남학생과 여학생이 뒤엉켜 여느 동물들의 짝짓기를 방불케 했다. 소개하는 사람과 소개받는 사람들의 왁자한 말소리만큼이나 그들의 눈인사와 몸 사위도 왁자했다. 멋있는 척 예쁜 척 하는 폼새가 분명 10대다. 아직까지 이성에 대한 관심이 음흉하기보다 귀여웠다. 서로를 향해 척 척 있는 척하는 것이 뻔히 드러나 보일 정도로 맑았다. 때 묻지 않은 이들의 모습은 말 그대로 해피한 송이었다.

그들 틈새로 놈들이 비집고 나타났다. 근데 하나 같이 여학생을 대동하고 있다. 성표는 깜짝 놀랐다. 반장선거 때만 해도 준성이가 거짓말하는 줄 알았다. 반장 되기 위해 각본을 짠 것이라 생각했다. 근데 정말로 광필이가 영옥이와 손잡고 나란히 들어오는 것이 아닌가? 그 뿐이랴. 주보는 해숙을, 기현은 애자와 다정히 들어오고 있었다. 이건 뭐 합동결혼식과 다를 바 없었다. 더 가관인 것은 준성이가 말자와 함께 열심히 찻집을 세팅하고 있는 것이다. 부부라도 된 것처럼. 성표는 속아도 한참 속은 것 같아 화가 머리끝까지 차올랐다. 자신은 바람둥이 선서 대장으로서 죄책감 때문에 주희와 하고 싶지도 않은 이별을 했다. 근데 놈들은 뒤에서 호박씨 까듯이 지들끼리만 히히득 거리며 사랑을 키워왔다. 십수 년 동안 쌓아온 우정이 이런 것이란 말인가? 어떻게 말한마디 하지 않고 저렇고롬 합동결혼식을 하고 부부처럼 열받게 사귀어 왔단 말인가? 성표는 애궂은 커피만 연신 들이켰다. 몇 잔을 마셨는지 속이 아려왔다. 하지만 성표는 머리 뚜껑이 열려 속 아픈지도 모르고 테이블에 있는 콜라며 사이다며 닥치는대로 들이부었다. 멀리서 지켜보던 놈들과 공주들이 성표 주변으로 몰려왔다.

"성표야 미안타. 뭐 우리가 그라고 싶어서 그랬겠나? 상황적으로 그리고 뭐 마음적으로 잘 안됐다. 헤어지는게. 니한텐 미안한 일이지만 우리 연인들의 마음도 좀 이해해주라."

위로인지 약 올리는 건지 준성은 입을 놀렸다.

"맞아예. 성표씨 이해해 주이소."

말자도 나섰다. 놈들을 팍 때려주고 싶었지만 성표는 참을 수 밖에 없었다. 공주들이 지켜보고 있었기 때문이다. 괜히 물잔만 들이부었다. 우웩 앗 뜨거. 뜨거운 보리차를 쏟아내며 성표는 팔짝팔짝 뛰었다. 뜨겁기도 했지만 화가 나 더 팔짝였다.

사실 놈들은 주희를 찾아가 마음을 돌리려 했다. 저간의 사정을 이야기하며 성표와 재회할 것을 부탁했다. 주희도 성표의 본뜻이 아니었음을 알고 있었지만 이젠 엎질러진 물이라 담을 수 없다 하였다. 엄마가 건강이 회복되어 다시 서울에 있는 아빠에게 가야 하는 현실적 이유도 있었다. 어차피 헤어질건데 차라리 잘 됐다고 생각했다. 그래서 더 모질게 굴었다고 놈들에게 이야기했다. 그래도 성표가 너를 얼마나 애타게 찾는지, 니 때문에 말라 비틀어진 고목나무가 돼가고 있다고 간절하게 주희를 붙잡았다. 하지만 주희는 그럴수록 더 단호했다. 니들도 그동안 고마웠다고. 니들 덕분에 좋은 추억 가지고 간다고. 앞으로 잘 살아라고. 놈들은 더 이상 주희를 어떻게 할 수 없었다. 자신들에게도 이별을 고하는 주희에게 잘가라라고 말할 수 밖에 없었다. 성표에겐 미안한 일이지만 자신들도 할 만큼 했다고 위안할 수 밖에 없었다.

주희도 사실 아픈 가슴을 숨길 수 없었다. 짧은 기간 동안의 만남이었지만 성표처럼 주희에게도 영원의 순간이었다. 어릴 적부터 가슴 한켠에 자리해온 성표를 쉽게 밀쳐 낼 수 없었다. 그날 성표가 비 맞고 거리를 헤맬 때 주희는 버스를 기다리며 성표를 보게 되었다. 순간 울컥 눈물이 났다. 얼빠진 성표의 모습은 주희를 갑작스런 슬픔에 빠지게 했다. 헤어짐을 직감하는 슬픔이었다. 빵집을 나설 때만 해도 헤어지리라 생각지 않았다. 그냥 화가 나서 참을 수 없었을 뿐이었다. 왜 화가 난지도 몰랐다. 아니 그만큼 좋아했기 때문에 화가 난 것이었다. 근데 성표를 보자 슬퍼졌다. 이제 만날 수 없다고 생각하니 가슴이 아렸다. 곧 서울로 이사를 가야 되고 고3이 된다. 차라리 잘 됐다고 생각했다. 어차피 김천을 떠난다. 성표를 떠날 수밖에 없다. 생각이 여기까지 미치자 자신의 의지와 상관없이 이별이 다가오고 있음을 직감했다. 집 앞에서 서성이는 성표를 봐도 담벼락을 따라 성표의 그림자가 비쳐도 주희는 숨어서 지켜볼 뿐이었다.

'성표야 미안해. 우린 여기까진가봐. 나 서울가. 혹시 정말 혹시 서울대에서 만날지도 모르겠어. 아냐 우리 꼭 서울대에서 만나. 알았지? 성표야 안녕~~.'

졸업여행

학교에서 졸업여행을 간단다. 근데 목적지가 경주 불국사다. 왜 또 거기냐고. 초등학교 때부터 지금까지 대체 몇 번을 갔다 왔냐고. 6학년 수학여행, 중학교 수학여행, 고등학교 간부수련회 등 학교에서 빽 하면 간 곳이 불국사고 경주다. 그뿐만이 아니지. 가족 여행이다 친지 모임이다 해서 가장 만만한 곳이 경주다. 지겨워 죽겠는데 또 거기를 간단다. 눈 감아도 길이 훤하다. 불국사 길, 첨성대 길, 포석정 길, 경주의 모든 길이 입력되어 있다. 거의 암기과목 수준으로 달달 외워져 있다. 사진은 또 어떤가? 불국사 앞에서 찍은 사진이 족히 소형 앨범 정도로 많다. 빛바랜 초등학교 수학여행 단체 사진을 시작으로 고등학교 때까지 똑같은 배경으로 찍은 사진들이다. 사람만 달랐다. 신기하게도 10여 년의 세월 동안 배경은 한 번도 안 변했다. 코흘리개 꼬맹이가 청년 비스무래하게 커간 흔적만이 뚜렷했다. 한편의 성장 드라마를 보는 것 같다. 그런데 거기를 또 간단다. 오 마이 갓!

대절 버스가 시내를 벗어나 경부고속도로를 내달리자 버스 안은 조금씩 들뜬 분위기로 변해갔다. 그동안 닭장의 닭 신세보다 못한 고3 생활을 했지 않은가? 닭이야 가만히 갇혀있으면 되지만, 고3은 교실 벽에 갇혀 있으면서 대입을 향한 치열한 머리싸움까지 해야 하지 않았던가? 그 지긋지긋한 닭장을 벗어나는 것만도 신나는 일이다. 아무리 많이 가본 경주라도. 이제 이선희의 'J에게'가 흘러나오기 시작했다. 버스 안은 조금씩 웅얼거리기 시작했다.

'… J 지난밤 꿈속에 J 만났던 모습을
내 가슴 속 깊이 여울져 남아 있네.'

3학년 2반 박준성 반장은 달아오르기 시작한 분위기를 놓칠 수 없었다. 버스 앞자리로 튀어나가 지휘를 하기 시작했다. 몇 분의 몇 박자인지는 중요하지 않았다. 그냥 마구잡이로 양팔을 흔들었다. 텔레비전에서 봤던 오케스트라 공연 중계방송의 지휘자를 흉내 냈다. 캬라반인지 캬라얀 인지 세계적인 지휘자 폼새다. 머리도 지휘에 맞춰 흔들어 댔다. 머리숱도 별로 없는 머리를.

'J 아름다운 여름날이 멀리 사라졌다해도
J 나의 사랑은 아직도 변함없는데~~~'

이젠 한 놈도 빠지지 않고 목청을 올리고 있었다. 늑대가 목을 쭈욱 빼고 울부짖듯이 2반 놈들은 하나 같이 목을 빼고 머리를 쳐들고 소리 지르기 시작했다. 덩달아 준성 반장의 지휘는 그야말로 광폭해졌다. 이건 지휘를 넘어 거의 댄스 수준이다. 온몸을 뒤틀고 온 다리를 흔들어 댔다.

'J 난 너를 못 잊어 J 난 너를 사랑해.'

노래가 정점을 찍는가 싶더니 놈들은 뽑은 목을 원위치시키며 다음 곡조를 탔다. 잘 훈련된 일사불란한 합창단처럼. 그러나 여전히 지휘자 준성은 광폭 수준에 머물러 있다. 눈을 감고 아직도 생난리다.

'J 우리가 걸었던 J 추억의 그 길을
난 이 밤도 쓸쓸히 쓸쓸히 걷고 있네.'

'J 에게'로 달아오른 분위기를 여기서 꺼지게 할 수 없었다. 반장 준성은 외쳤다.

"분위기 살리고 살리고오. 자 이번 순서는 우리 2반의 명가수, 아니 우리 넝언고의 명가수 윤기현을 모시겠습니다."

"윤기현! 윤기현! 윤기현!"

사회자 준성의 말이 끝나자마자 2반 놈들은 기현이를 연호했다. 기현은 쑥스러웠지만 앞으로 나갔다.

"야들아 뭐 하꼬?"

부끄러워 얼굴이 빨개진 기현이가 개미 소리로 물었다.

"멍에! 멍에! 김수희 멍에!"

놈들은 소리쳤다. 평소 부끄럼 많이 타는 기현이지만 김수희 노래만큼은 기가 막힌다는 사실을 잘 알고 있었기 때문이다.

"알따. 그럼 내 함 해보께. 음. 음."

목청을 가다듬은 기현은 곧바로 일발장전 발사다. 평소 성격과 다르게. 화끈하게.

'사랑의 기로에 서서
슬픔을 갖지 말아요
어차피 헤어져야 할거면
미련을 두지 말아요….'

목을 꺾어가며 바이브레이션을 막 넣던 기현이가 갑자기 노래를 멈췄다.

"이거 아이다. 영 분위기가 안 맞네. 신나는 걸로 하게. 맹 김수희 노랜데. '노래하며 춤추며' 함 하께."

"와~~ 윤기현! 윤기현!"

놈들은 박수치고 난리다.

'사랑하는 사람들

모두 함께 모여서

흥겨웁게 춤을 춥시다

……

오고 가는 눈길 속에

사랑이 넘치고

그대와 같이 느껴보는

행복한 기분

지난 일은 생각을 말고

춤을 춥시다아~~~'

이번엔 버스가 들썩였다. 통째로 흔들렸다. 2반 놈들은 자리에서 일어나 스텝 밟고 몸 흔들고 디스코텍이 따로 없다. 운전대를 잡은 기사님도 얼굴 가득 웃음을 담고 어깨를 실룩이며 가속 패달을 밟았다. 멀리서 본 버스는 춤을 추며 신나게 경부고속도를 달려가고 있었다.

얼마나 달렸을까? 불국사에 도착했다. 지겨울 것 같았지만 막상 와 보니 또 감회가 새롭다. 버스 안에서 맛본 해방감이 아직 남아 있어서 그런지 발걸음이 가볍다. 그동안 억눌렸던 고3의 짐을 벗고 나니 이리 홀가분하다. 불국사에 오면 지켜야 할 법도가 있다.

불국사 앞에서 단체 사진 한 컷,

다보탑 앞에서 한 컷,

석가탑 앞에서 한 컷.

예나 지금이나 자연스럽게 그리고 반드시 찍게 된다. 성표 패거리들은 단체 사진으로 의무방어전을 치르고 빠져나와 독자 행동을 감행했다. 그래봐야 저들끼리 탑 앞에서 사진을 찍는 정도. 성표와 준성, 광필, 기현, 주보는 엉거주춤 석가탑에 모였다.

옆으로 삐딱하게 서서 폼 잡는 준성,

김치로 이빨 드러내는 광필,

만세 부르는 기현,

튀어나온 배를 가리는 주보,

어색하게 서 있는 그러나 잘 나오기 위해 온갖 표정을 짓고 있는 성표,

놈들은 저마다 이쁘게 나오려고 노력 중이다. 아차, 근데 정작 사

진 짝을 놈이 없잖아. 부랴부랴 준성이 뛰어가 한 놈을 섭외했다. 지난번 반장선거에서 자신에게 패한 영훈이를 끌고 왔다. 보아하니 영훈은 짝새가 되고 싶지 않다. 특히 준성이 패거리 욜마들 한테는. 입이 오리 주둥이 만큼 튀어나왔다. 그래도 어쩌겠나? 속 좁은 놈이 될 수 없지 않은가?

"자 다들 여 봐라. 야 준성이 니 똑바로 서라!"

영훈이는 준성에게 버럭 소리를 질렀다. 준성은 알따 알따 하며 똑바로 선다. '영훈이 절마 뒤끝 만리장성이네.' 군시렁거리며.

"자 찍는다이. 치이즈~~. 하나 둘 셋."

찰칵!!!

인터뷰

"김성표군 먼저 축하합니다. 전국 수석을 차지했는데 소감 부탁합니다."

멀뚱멀뚱 눈을 껌뻑이는 성표의 얼굴 위로 기자가 부드럽게 말을 건넸다.

"소감예? 뭐 특별한 것 엄는데예. 나 혼자도 아이고 세 명씩이나 되는데…."

"잠깐만."

기자는 카메라를 향해 엑스표시를 했다.

"성표군 전국 수석이 3명이라도 이건 대단한 일이야. 우리 김천 지역에서도 처음 있는 일이고. 자 다시 한번 갑시다. 좀 멋있게… 어 예를 들면 가난한 시골에서 큰 꿈… 그러니까 판사나 의사 같은 걸 이루기 위해 이를 악물고 공부했는데 이렇게 좋은 성적이 나와 너무 좋습니다…처럼 좀 있어 보이게 말해야지… 알았어?"

"아… 예 그렇게 해보겠심더."

기자는 카메라에 신호를 다시 보냈다.

"자 성표군 소감 다시 한번 부탁합니다."

"전 가난한 시골에서 큰 꿈… 그러니까 판사나 의사 같은 걸 이루기 위해 이를 악물고 공부했는데 이렇게 좋은 성적이 나와 너무 좋습니다."

성표는 기자가 가르쳐준대로 토시 하나 안 틀리고 그대로 말했다.

'와~ 역시 머리가 좋아.', '금방 다 외워뿌네.', '저라이 수석하지.', 모여던 사람들 틈에서 웅성웅성 감탄이 쏟아졌다.

"컷 컷 컷. 아니이~~ 그렇게 똑같이 하면 안되고…."

기자는 난감해 하며 미간을 찌뿌렸다.

"네? 그라면예?"

"성표군의 지금 솔직한 심정을 말해보라 이거지. 전국에서 1등 했잖아. 그리고 서울대 갈끼제?"

성표는 서울대에 눈이 번쩍 뜨였다.

"네 당연하죠."

"그래 그 기분을 함 이야기 해보라 이거지."

"아 알겠심더."

성표는 잠깐 생각하더니 카메라를 정면으로 힘주어 바라보았다.

"어릴 적 쟁기를 끌다가 집에 돌아와서 우연히 티비를 보게 되었습니다. 하얀 와이셔츠를 입은 사람들이 고기를 막 구워 먹는 것을 보았습니다. 그때부터 전 결심했습니다. 서울대에 가야겠다고. 그 후 열심히 공부했는데 전국 수석을 하게 되었습니다. 너무 좋습니다."

성표는 무미건조했지만 진솔하게 말했다. 그런데 기자는 그 말이 뭔 말인지 대체 알 수 없었다.

"김성표군, 아니 성표야 내가 잘 이해가 안되네. 쟁기는 뭐며, 고기 먹는 걸 보고 서울대를 결심했다니… 좀 알아듣기 쉽게 설명해 볼래?"

기자는 살짝 화가 난 듯 말했다.

"아 그게 옛날에 소가 아파서 할배가 쟁기 끌라해서 끌었구요. 집에서 고기를 잘 못 먹어가지고 서울에 가기만 하면 서울사람처럼 고기 실컷 먹을 수 있을 것 같아 서울대 가기로 결심했는데요."

"뭐?"

기자는 어이가 없었다. 주위에서 키득키득 웃음이 흘러나오자 기자도 이내 실소를 참을 수 없었다.

"하하 그런 말이었구나."

"다시 하까예?"

"아니 됐어. 나중에 편집하면 돼."

성표가 인터뷰를 다시 하려 했지만 기자는 보충촬영을 통해 방송하면 된다고 생각했다.

"저기 성표 할아버지 잠깐 좀 인터뷰해도 될까요?"

기자가 성표 할배에게 말하자 할배는 헛기침을 하며 성표 아버지의 등을 떠밀었다.

"야야 니가 가서 해라."

"아임미더, 아버지께서 하시야지예."

"아니 내가 조금 거시기 하다."

"에이 가문의 영광인데. 아부지께서…."

"그 영광 니한테 주꾸마. 니가 해라."

"아부지 그래도…."

티격태격 두 부자는 서로 등을 떠밀며 방송 출연의 두려움에서 벗어나고자 했다. 그 광경을 보고 있던 기자는 그나마 옷을 깔끔하게 입고 있던 성표 아버지를 불렀다.

사실 오늘 아침 성표네 집에서는 때아닌 난리가 났었다. 전날 밤에 걸려온 KBS 기자의 전화 한 통에 온 집안이 들렀다 놨다 들렀다 놨다 했다. 집안 구석구석을 청소해야 했고, 식구들은 티비 출연을 예상하며 나름 몸단장을 하느라 야단법석이었다. 특히 성표 아버지는 장날에야 입는 양복을 꺼내 입었다. 한 벌 밖에 없기 때문에 결정장애로 거울 앞에서 서성일 이유는 없었지만 연신 거울 앞에서 고개를 갸우뚱거렸다. 넥타이를 맬 줄 몰랐기 때문이다. 여느 집 같으면 엄마나 다른 식구들이 도와줄 법 했지만 성표네에서는 그 누구도 넥타이를 매는 법을 몰랐다. 또한 각자 자신을 꾸미느라 다른 사람의 의상을 코디해줄 겨를이 없었다. 어쨌든 혼자 해야 했다.

얼마나 시간이 흘렀을까. 성표 아버지는 드디어 거울 앞에서 돌아섰다. 넥타이는 새끼줄처럼 꼬여 있다. 그런데 웬지 잘 어울린다. 덜 다려진 윗도리와 체육복처럼 무릎팍이 튀어나온 바지, 그리고 아버지의 썩은 미소가 합쳐져 묘한 앙상블을 이루었다. 막내 동생 오숙이가 지나가다 아버지의 모습을 보고 엄지척을 들어 올렸다. 오숙이의 눈에도 멋있어 보이는가 보다. 아니다. 사실은 촌스러워 보이는데 멋있다고 거짓 연기를 했다. 오숙이도 아침부터 꾸미느라 정신이 없었다. 성표의 하나 밖에 없는 동생, 것도 여동생인 자신에게 분명 인터뷰 기회가 올 것이라 생각했다. 이미 친구들에게 공지해 놓은 상태다. 티비 출연할 낑게 단디 봐두라고. 해서 할 수 있는 최선의 화장과 고를 수 있는 최선의 옷을 차려입었던 아침이었다. 해서 아버지는 경쟁자다. 오숙이 보다 못나야 했다. 해서 작전상 엄지척을 들어 보였던 것이다. 마당에서 이런 광경을 보고 있던 똘똘이도 안되겠다 싶었던지 혓바닥으로 연신 자신의 몸을 핥는다. 멍멍이도 티비 출연을 준비하고 있다. 지금 식구들은 전쟁 중이다.

“김성표 아버님 그때 왜 성표에게 쟁기를 끌게 했습니까? 형들도 많았는데.”

“아 그게요….”

성표 아버지는 어떻게 말해야 할지 난감해 성표 할배를 쳐다보았다. 눈이 마주친 할배는 헛기침을 하며 눈을 돌렸다.

‘니가 알아서 해라이. 난 모른다. 그때가 언젠데 내가 기억하노?’

‘아부지 그래도 답을 좀 주이소. 그때 왜 그랬심미꺼?’

‘난 모른다카이.’

‘아부지이….’

성표 할배와 아버지는 그 짧은 시간에 만가지 대화를 나눴다. 성표 아버지는 할 수 없었다. 어찌됐건 대답해야 했다.

“저희 아버님이 성표를 무척 애꼈심더. 논일을 가나 밭일을 가나 항상 성표를 델고 다녔다 아임미꺼?”

“너무 아껴서 쟁기를 끌게 했다? 그건 좀 이해가….”

“아 맞다. 그때 소가 마이 아파심더. 그래서 논일은 해야 했고 하는 수 없이 집에 있던 성표를 데꼬 나가신 것 같심더.”

마치 정답을 찾았다는 듯이 성표 아버지는 소리쳤다.

“그건 아까 성표군이 말했던 것 같습니다.”

“아 그래예….”

다시 답을 찾아 눈을 굴리는 성표 아버지에게 기자가 해피엔딩으로 메조 지었다.

"됐습니다. 충분합니다. 어쨌건 그 열악한 상황에서도 열심히 공부했군요. 그 결과 오늘과 같은 영광이 찾아 온거구요."

"하 하 뭐 기자님 말씀이 맞심더."

성표 아버지는 멋쩍어 하며 기자의 말에 안도의 한숨을 뇌쉬었다. 그러나 기자는 성표 아버지의 인터뷰가 마음에 들지 않았다. 기자는 새로운 먹잇감을 찾아 몰려든 사람들을 씩 훑어 보기 시작했다.

성표 할배는 아침 댓바람부터 이리저리 전화를 돌리기 시작했다.

"어 박가야 오늘 우리 성표 방송출연 한다 아이가."

"그래? 구경가야겄네."

"구경은 무신… 뭐 대단한 일이라고…. 음 음 근데 자리가 있을지 모르겠네. 어… 뭐… 그래도 혹시 모르니까 함 와봐라."

할배는 살짝 튕귀면서 목에 힘을 잔뜩 주고 똥폼을 다 잡았다.

"야 정가야 오늘 우리 집 방송에 나온다 카이."

"아이고 재미 있겠구만. 구경가도 되나?"

"글씨 니가 방해될 수도 있는데… 마 알았다. 니는 턱벼리 봐주게."

할배의 침은 마를 겨를이 없었고, 할배의 손가락은 쉴 틈이 없었다. 할배는 송씨네, 한씨네, 허씨네 등 마을 모든 친구들에게 전화를 했다. 그래서 지금 성표네 마당에는 온 동네 사람들이 다 모였다. 그 틈 사이로 당연히 놈들이 보였다. 이런 역사적인 날에 놈들이 빠질 리 만무했다.

기자는 또 다른 사냥감을 찾아 모여든 사람들 쪽으로 다가왔다. 친구들로 보이는 놈들 앞에 서자 기자는 마이크를 들이밀었다.

"성표군이 평소 공부를 어떻게 했어요?"

광필이였다. 영광의 당첨자는.

"아 그게요…."

느닷없는 기자의 질문에 머뭇하는 사이 준성이가 역시 끼어들었다.

"네 성표는 복사깁니다. 한번 보면 바로 복사 하듯이 머리에 팍 박히는 겁니다."

"네? 그게 무슨 말이죠?"

"책을 한번만 봐도 토시 하나 안 틀리고 다 기억한다 아임미꺼? 수업시간에 칠판에 판서된 것도 하나도 안 까먹심더. 그라고 선생님 말씀도 팍 팍 머리에 박히는 것 같아서예. 옛날에 도서관에 같이 가서 공부하다가 저도 성표처럼 될라고 모든 걸 따라 해봤는데 안되데예. 절마는 완전 천잽미더."

"복사기 천재라. 참 재미있는 말이군요. 그럼 성표가 공부하면서 특별히 목표로 둔 게 있었습니까? 전국 수석 해야겠다거나 서울대 가려 했다거나 하는 것 말이죠."

"네 그게…."

준성이가 말하려 하자 이번에는 광필이가 낚아챘다. 반격인 셈이다.

"성표의 목표는 오로지 고기 먹기 위해 공부했어예. 초딩때부터 절마의 관심은 단 하나, 고기였어예. 토끼를 잡아도 제일 먼저 달겨들고, 옛날에 동네에 홍수 났을 때도 돼지 잡으로 강물에 뛰어들었다가 죽을 뻔 했다 아임미꺼? 성표는 고기 먹으로 서울대 간다고 항상 말했는데 저는 그게 어떤 관계가 있는지 잘 모르겠심더. 어쨌던 성표는 고기, 그게 목표였심더."

"하하 아까 성표군이 말한 그 내용이네요."

광필이의 자신감 넘치는 말에 기자가 웃으며 답했다. 옆에 있던 준성은 기가차다는 듯 광필을 노려봤고, 동네 사람들은 다시 한번 키득였다.

인터뷰는 충분하다고 생각한 기자는 보충촬영을 하기 위해 집안 이곳저곳을 살피기 시작했다. 얼핏 보면 수사반장에 나오는 형사 같기도 하고, 혹은 셜록 홈즈 같은 탐정의 포스가 느껴지기도 했다. 이런 아우라를 똘똘이가 한층 더 강화시켰다. 기자의 뒤를 탐정견처럼 킁킁이며 따라 다녔기 때문이다. 또한 그 뒤를 성표 아버지와 할배가 조신조신 따라 다녔다. 마찬가지로 인터뷰를 못해 불만에 가득찬 막내 동생 오숙이가 뚱해서 따라 다녔다. 기자는 창고 앞에 멈추어 섰다. 녹슨 쟁기가 눈에 들어왔다.

'오호 바로 그 쟁기구나.'

피식 웃음이 나오는 것을 참으며 카메라 기자를 불러 촬영을 지시했다. 성표가 끌었던 바로 그 쟁기였다.

"아이 뭐 그런걸 다 찍심미꺼?"

뒤따라오던 성표 아버지가 부끄럽다는 듯 한마디 했다. 같이 온 할배는 아무 말도 못하고 쭈빗거렸다.

"아 이게 그 텔레비전 맞습니까?"

기자는 먼지를 뒤집어 쓴 티비를 보고 어릴 적 성표가 고기 광고를 봤을 그 티비라는 것을 직감했다. 성표가 서울대를 결심하게 된 중요한 단초, 그러니까 고기는 서울대, 서울대는 고기라는 공고한 공식을 만든 결정적 계기가 된 티비를 그냥 지나칠 순 없었다.

"이것도 찍읍시다."

카메라의 조명이 초코렛 톤의 우드로 잘 감싸진 티비에 닿자 티비 화면이 갑자기 켜졌다. 캄캄한 창고 전체에 프로젝트처럼 투사되며 성표가 봤던 소화제 광고가 흘러나왔다. 하얀 와이셔츠를 입은 직장인들이 고기를 마구마구 구워 먹는 모습이 온 창고를 가득 메웠다. 대형 화면 앞에 어린 성표가 입을 떡 벌리고 쳐다보고 있다. 시네마 천국의 한 장면처럼.

"자 이쪽으로 갑시다."

기자의 목소리가 오버랩 되는가 싶더니 어느새 기자는 성표 방으로 향했다. 방 한쪽에 앉은뱅이 책상이 전국 수석의 위용을 뽐내듯 턱 놓여 있다. 그리고 생각보다 깨끗한 책들이 정갈하게 잘 정리되어 있다. 책 상태로 봐선 그리 열심히 공부한 것 같지는 않았다. 그러나 어쨌든 전국 수석의 책이 아니던가. 기자는 책꽂이 옆의 색바랜 상자에 눈길이 갔다. 얼마나 오래되었던지 인쇄된 글자도 잘 알아볼 수 없었다.

"종 하 압 선 무 울 세트?"

겨우 읽은 기자는 무심히 상자를 열어 봤다. 그 속엔 성표가 어릴 적 가지고 놀던 딱지, 구슬, 병따꿍들이 들어 있었다. 특이하게도 그 틈새로 과자 봉지 하나가 자리하고 있었다. 어린 성표의 놀이감과는 아무런 연관이 없을 그 봉지에 기자는 관심이 갔다. 바스라질지도 모른다는 생각에 아주 조심스럽게 봉지를 집었다.

"샤 아 브 르?"

그 유명한 샤브르 과자 봉지였다. 기자도 어릴 적 무척 좋아했던 과자였다. 입안에서 샤르르 녹아내리던 부드러운 감촉, 그리고 뭐라 표현할 수 없는 고급진 냄새. 어릴 적 동심과 함께 늘 잊혀지지 않던 과자였다.

'근데 왜 이게 여기 있을까? 왜 십수년 넘도록 보관하고 있을까?'

머리를 갸우뚱거리며 기자는 다시 제자리에 갖다 놓았다. 그리고 상자 뚜껑을 닫았다. 이런 광경을 먼발치에서 알 듯 말 듯한 미소를 지으며 바라보고 있었다. 성표가.

놈들의 행선지

어수선한 인터뷰가 끝나고 며칠 뒤 놈들은 각자 고민을 안고 빵집에 모였다. 이제 놈들은 자신의 행선지를 정해야 했다.

"성표야 니는 당연 법대 갈끼제? 전국 수석은 법대 아이가. 법대 가서 사시 함 치봐라. 그래도 아직까진 우리나라에선 판검사데이."

준성이가 할배처럼 단호하게 말했다. 그렇잖아도 집에서는 당연히 법대 가는 줄 알고 성표를 판검사 취급했다. 할배를 포함해 아부지까지 성표에게 굉장히 친절하고 조심스럽게 말하고 행동했다. 성표는 조금 부담되면서도 괜히 기분이 좋았다. 그래도 한 가닥 걱정되는 것은 있었다. 사법시험 보려면 1년이고 2년이고 고시실에 쳐박혀 공부해야 하는데 그렇게 되면 고기를 양껏 못 먹을게 아닌가. 그래서 그 점 때문에 지금도 고민하고 있다.

"글쎄 꼭 법대 가야 하는지 모르겠네."

성표는 느릿느릿 그러나 진지하게 말했다.

"와? 니 고기 못 먹을까봐 그러나?"

폐부를 찌르는 준성의 말에 성표는 깜짝 놀랐다. 그럼 그렇지 하며 준성은 대뜸 내질렀다.

"야 임마 쪼매 참으면 되지. 사시 합격하는 순간 니는 맨날 고기 파티할 수 있다. 내 장담하건데 니는 무조건 4년 졸업 전에 사시 합격한다. 복사기가 뭐가 걱정이고? 만약 재학 중에 합격 못 하믄 내가 평생 니 고기 책임진다. 걱정 붙들어 매고 법대 가라. 알았제?"

완죤 울트라 캡숑 웅변가가 다 된 준성이가 단호히 일갈했다. 그런 준성의 태도에 성표는 그물에 잡힌 물고기처럼 꼼짝할 수가 없었다.

"아 알았다. 내 법대 가게. 대신 니 고기 책임져야 한데이."

"고기에 환장한 놈. 알았다카이. 다음 광필 니는 우짤끼고?"

아주 신이 났다. 성표가 순순히 자신의 말에 따르는 것을 본 준성이는 이젠 광필이를 지목했다. 입시 컨설턴트가 다 됐다.

"어 나도 서울대 갈라꼬."

"뭐 니도? 야 니 성적으론 서울대 못 갈낀데."

"아이다. 아부지랑 알아봤는데 농대는 가능하더라."

"뭐라꼬? 니 농대 가서 뭐 할낀데. 이 촌구석 같은 데서 또 살라꼬?"

"그건 뭐 나도 모른다. 그건 나중에 생각해볼 문제고. 집에서는 무조건 서울대 가란다. 서울대 가면 학실히 밀어준다 캤다. 우리 집안에 서울대 출신이 엄서서 아부진 꿈인기라. 내가 서울대 가는게."

"지랄하고 있어요. 서울대 갈라면 300점은 넘어야 돼. 그게 서울대생의 마지막 자존심이야. 그게 커트라인이라고. 니는 300점은커녕 290점대도 안돼잖아. 289점이 무신 서울대고? 설사 그 성적으로 서울대 간다캐도 니는 마 서울대생이 아닌기라. 왜냐? 300점이 안 되니까."

준성이의 너무도 단호한 말에 광필이도 주눅이 들었다. 건데 가만히 따지고 보면 지나내나 똑같이 컨닝한 주제에 뭐가 잘났다고 저렇게 당당한지 광필이는 화가 났다.

"야 새끼야. 그래 니가 300점 넘었다고 지금 유세하나? 니 유세 떨 처지가 아닐텐데? 니나 내나 다른게 뭐 있노? 니 성적이 진짜 니꺼 맞나? 내가 임마 서울대 가겠다는데 니가 뭔 상관이고? 뭐 보태준거 있나?"

의외의 반격에 준성은 움찔했다. 더욱이 진짜 니 성적 맞나에 할 말을 잃었다. 주변 사람들도 다 쳐다보는 것 같아 얼굴이 화끈거렸다.

"아 그래 그래 서울대 가라마. 그 성적이면 농대 충분히 갈끼다."

그 와중에도 준성은 입시 컨설턴트의 위용은 포기하지 않았다. 자신이 광필의 진로를 결정해 버렸다.

"지랄 떨고 있네."

광필은 분이 가시지 않았다. 그렇던 말던 준성은 벌써 다른 손님을 맞고 있었다.

"기현아 니는 우짤끼고? 니도 300점 못 넘긴 했다만."

"어 난 서울대 미련엄다. 내 성적에 맞춰서 내가 가고 싶은 과에 갈라꼬."

"거가 어딘데?"

"연세대 정치외교학과."

"와 니 정치할라카나?"

우거적 우거적 빵만 먹던 성표가 한마디 거들었다.

"아이다. 그냥 그 과가 괜히 땡긴다. 세련돼 보이기도 하고 나중에 뭔가 잘 될 것 같기도 하고. 집에서도 좋다 카더라. 내가 간다카이 다 오케이 해 주더라."

"그렇지 바로 그건기라. 소신 지원. 괜히 누구처럼 학교 레벨만 보지 않고 자신의 장래를 보면서 학교를 정한 것. 잘했다. 차~~암 잘했다."

준성은 누가 들어라는 듯 큰 소리로 말했다.

"이 새끼가 죽을라꼬?"

광필이가 자리에서 일어나려 하자 주보가 말렸다.

"어 그래 주보야 니는 어디 낼끼고?"

컨설턴트는 잽싸게 다음 손님을 맞았다.

"난 경북대 갈끼다."

다들 눈이 휘둥그래졌다. 당연히 우리 멤버는 다 서울로 가는 줄 알았다. 성적도 잘 나왔고, 서울서 우리의 꿈을 당연히 가꾸어야 했다. 근데 주보는 대구로 간단다.

"와 니는 서울에 안가노?"

광필이가 놀라 화를 풀고 물었다.

"사실은 너거들한테 말은 안했지만 고2말에 아버지가 보증을 잘못 써서 우리 집 몽땅 차압 당했다. 간신히 집은 지켰지만 그동안 먹고 살기 힘들었어. 그래서 서울 갈 형편이 못돼. 대구에는 작은 아버지도 계시고… 국립대니까 등록금도 싸고. 아마 장학금도 받을 수 있을 것 같애."

"그거 와 이야기 안했노? 이야기 해야지. 그랬으면 어떻게든 도왔을텐테."

광필이가 미안한 듯 따뜻하게 말했다.

"뭔 자랑거리라고 이야기 하노? 난 그냥 니들이 옆에 있어 줘서 늘 고마웠어. 니들 하고 있으면 힘든 것도 사라지더라. 그것만 해도 난 충분했다."

주보의 말에 다들 눈시울이 붉어졌다. 그렇게 큰일이 있었으면서도 내색 하나 하지 않은 친구가 대견하기도 했지만 너무 미안했다. 무엇보다 우리를 믿고 의지했다고 하니, 아니 옆에만 있어도 고맙다고 하는 친구의 우정에 감동했다. 그리고 이제 헤어져야 한다고 생각하니 눈물이 맺혔다.

"주보야…."

광필이가 주보의 손을 잡으며 울먹였다. 덩달아 준성과 성표도 눈가가 달아올라 허공을 쳐다봤다.

"야들 와 카노? 잠시 떨어져 있지만 우리 다시 뭉칠끼다. 곧 서울 뒤따라 갈낑게 걱정하지 마라. 어잉?"

주보는 놈들을 다독였다. 하지만 울먹한 분위기는 나아지지 않았다. 도저히 안되겠다 싶었는지 "근데 준성이 니는 어디갈끼고?"

느닷없는 주보의 질문에 다들 준성이를 쳐다봤다.

"어 어 나? 당근 서울대제. 302점인데."

준성은 눈가를 훔치며 얼떨결에 말했다. 울먹이던 광필이가 피식 웃었다. 이를 본 주보가 두 놈의 어깨를 감싸 안았다. 성표도 그 틈새를 비집고 들어왔다. 이제 놈들은 한 몸이 되었다. 도저히 떨어질 것 같지 않은.

합격 통지서

"우편이요 우편."

맘씨 좋아 보이는 배달부가 왠지 알 수 없는 웃음을 흘리며 합격 통지서를 전해줬다. 학교에서는 서울법대는 따논 당상이라고 했다. 전국 수석이면 당연히 서울법대는 합격이었다. 그래도 혹시 하며 온 집안사람들은 긴장했다. 촌사람들 특유의 걱정 모드이기도 했고 부모가 자식에게 갖는 노심초사이기도 했다. 어제 오늘 하며 성표네는 며칠 전부터 통지서를 기다리고 있었다. 아버지의 손에 통지서가 들려 있었지만 감히 뜯어보질 못했다. 하여 할배가 성표를 쟁기 끌릴 요량으로 논으로 데려가듯 통지서를 자연스럽게 할배 손으로 데려왔다. 옆에 있던 성표는 웬 지 모르게 군침을 삼켰다. 당연히 서울법대 합격인데 가족들의 분위기가 괜히 성표를 긴장시켰다. 할배는 조심스럽게 겉봉투를 뜯었다. 그리고 엄마 소로부터 송아지를 받아내듯 통지서를 정성스럽게 빼내었다.

"이게 뭐꼬? 합격이네. 우리 성표 서울법대 합격했다 아이가? 야들아 이거 함 봐봐라. 우리 성표가 합격이다 카이."

식구들은 너나 할 것 없이 서로 그 귀중한 합격 통지서를 보려고 달려들었다.

그러나 똥물도 순서가 있는 법.

할배는 먼저 성표에게 통지서를 넘겼다. 오늘의 쾌거는 아들도, 장손도 필요 없게 만들었다. 집안의 경사를 가져온, 아니 온 동네의 자랑이 될 우리 손자 성표가 제일 먼저였다. 그러나 성표는 통지서를 볼 필요가 없었다. 이미 할배의 표정으로 충분했다. 통지서보다는 예의 그 고기를 떠올렸다.

뽀얀 고기 굽는 연기 속에 하얀 와이셔츠를 입고 있는 성표, 그 옆으로 수줍은 듯 미소 띠고 앉아 있는 주희. 지글지글 고기 익는 소리가 두 사람을 감싼다. 이내 지글지글은 그 어디에서도 들을 수 없는 사랑의 멜로디가 되고, 뽀얀 연기는 두 사람을 휘감으며 뭉게뭉게 천상의 구름이 된다. 어느새 성표는 주희와 두 손을 잡고 천상의 구름을 날기 시작한다. 기분 좋은 고기 냄새가 나는 구름이었다.

'이곳에 사는 하늘님은 분명 고기만 드실 거야. 역시 하늘나라는 고기 나라야. 크 이렇게 좋을 수가… 주희와 이렇게 고기 나라를 날아다닐 줄이야. 이게 꿈은 아니겠지?'

성표는 말할 수 없는 행복감에 젖어 코를 벌렁이며 주희를 바라본다. 주희도 보일 듯 말듯한 미소를 지으며 성표의 손을 꼬옥 잡는다. 둘은 이제 고기 나라의 천사가 되어 온 구름을 날아 다닌다. 저~쪽 특별히 아름다운, 고기 모양으로 생긴 구름 속으로 들어가고 있다. 그 순간 성표는 주희의 손을 놓치고 말았다.

"어어 주희야 주희야."

성표가 온 힘을 다해 주희를 부르는데 갑자기 누군가 성표의 손을 낚아챘다. 다름 아닌 아버지였다. 멍 때리며 천상을 날고 있는 성표를, 등 때리며 성표의 손에 들려 있던 통지서를 아버지가 낚아 채 간 것이다.

"참말이네. 우리 성표가 해냈뻿네. 이놈의 새끼 우짜노 이거. 장하다 내 새끼. 아이고 내 새끼." 하며 성표를 안고 어루만지고 예뻐하는 사이 합격 통지서는 식구들의 손에서 손으로 눈에서 눈으로 기분 좋은 여행을 시작한다.

이제 통지서는 스피커를 통해 온 동네 여행을 시작했다.

"주민 여러분~~ 갱사스러운 소식 있어 알려 드립니더. 저~짜 김씨네 여섯째 성표가 서울법대에 합격 했심더. 서울에 있는 대학 시울대, 그것도 법대에 합격했다 아임미까. 우리 동네의 경사요 자랑입니다. 우리 모두 축하해 주입시더. 참말로 경삽니다. 아마 우리 동네에서 처음 있는 일일 낍니더. 이번 주 토요일 김씨네에서 잔치가 있을 예정이오니 많이들 참석해 주이소."

척 하니 플랭카드가 붙었다.

「경축 김봉수네 여섯째 김성표 서울법대 합격. 글고 전국 수석.」

그 아래 작은 글씨로 김천시 싸래 마을 주민 일동.

서울법대 집에서는 아침부터 곡 소리가 났다. 소, 돼지, 닭 등 온갖 가축들은 위대한 손자를 위해 아낌없이 처분 되었다. 그래도 할배는 마냥 즐겁기만 하다.

'내 살면 얼마나 더 살겠노? 오늘을 위해 지금까지 산거 아이가? 우리 성표 배 터지게 고기 먹고 큰 사람 되야제.'

할배는 잔칫상 준비하며 분주히 오가는 식구들을 흐뭇하게 바라보았다.

웬일인지 막내 여동생이 마당을 쓸며 한 손 거들고 있다. 맨날 성표를 뭐 보듯이 째려보기만 했는데 언제부턴가 오빠야가 우상이다. 어떤 아이돌 보다 더 멋있었다.

'내가 서울법대 오빠 동생이라니. 아이고 마 떨려죽겠네. 내가 왜 오빠야한테 야시 눈으로 봤을꼬? 미안해 죽겠네. 앞으론 서울법대 동생으로서 품위를 지킬끼다. 하모.'

오숙이는 스스로 다짐하며 경쾌하게 빗자루질을 했다. 그 뒤태는 어느 귀부인보다 더 우아해 보이려고 노력하면서. 당연 똘똘이도 서울법대생의 개답게 보무도 당당하게 오숙이의 뒤를 따르고 있었다.

할배요

전날 밤 할배는 잠든 성표의 얼굴을 물끄러미 내려다보고 있었다.

'아이고 내 새끼 와 이리 이쁠꼬. 내 이제 죽어도 여한이 엄다. 우리 집안에서도 서울대생이 나오다니.'

할배는 가슴 벅차 잘 수가 없다. 이렇게 자랑스러운 손자를 옆에 두고 잠을 청할 수 없었다. '내가 이놈에게 쟁기를 끌게 하다니. 내가 미쳤지 미쳤어.'

할배는 모든 게 후회 막급이다. 그 중에서도 고기를 많이 못 먹인 게 한스럽다. 오죽했으면 고기 먹기 위해 서울대 간다고 했을꼬. 지난 일들을 생각하니 할배로서 해 준게 별로 없다는 생각에 미안하고 또 미안했다. 슬쩍 손자의 손을 잡아본다. 핏줄이 뭔지 찐한 감동이 밀려온다. 눈시울도 뜨거워진다. 할배는 미동도 하지 않는 손자의 얼굴을 어루만지기도 하고 이마도 쓸어본다. 오늘이 마지막인양 손자의 이목구비와 손자의 따뜻한 체온을 온몸으로 담고 있다. 그렇게 밤이 깊어간다.

저녁상이 차려졌었다. 오숙이가 입을 삐쭉거리며 숟가락으로 애꿎은 밥만 파댔다. 형과 누나들도 살짝 오숙이와 같은 마음이다. 맨날 같은 상에서 먹던 성표가 오늘은 따뜻한 아랫목으로 이동했기 때문이다. 할배와 아버지, 성표가 아랫목에서 한 상을 받았다. 할배의 특별지시에 의한 조치였다. 상에는 온갖 종류의 고기란 고기는 다 차려졌다. 고기의 최고봉인 소고기 밑으로 돼지고기, 닭고기, 토끼고기, 심지어 꿩고기까지 일렬횡대로 서 있다. 성표를 중심으로. 해서 성표가 팔을 뻗으면 언제든 공습이 가능한 거리를 유지하고 있다. 너무 과한 고기들이 즐비해서 성표는 뭘 부터 먹을지 멀뚱대고 있다.

"이거부터 함 무 봐라."

할배가 성표 밥에 당연 소고기를 얹어주었다.

"아임미더 할배부터 자시소."

성표가 소고기를 할배 드리려 하자 아부지가 눈치를 준다. '니 먹어도 괜찮다. 먹어라 빨랑.' 아부지의 다그치는 눈빛을 읽은 성표는 하는 수 없이 한 술 뜬다. 그런 모습을 할배는 흐뭇하게 바라본다.

"그라고 성표야 오늘 밤에는 이 할배하고 둘이서 자자이. 내가 니 방으로 건너가꾸마."

할배는 세상에서 가장 아름답고 사랑스러운 톤으로 말이 절로 나왔다. 눈에 넣어도 안 아픈 손자면서도 서울대 손자이기 때문이기도 했다.

"아 네 알겠심더."

성표는 목구멍으로 넘어가던 밥알이 목에 걸리는 걸 느꼈다. '아이고 오늘 우째 자지?' 갑작스런 할배의 제안에 부담이 팍 됐다. '지금까지 한 번도 같이 자 본적이 없는데 와 갑자기 저라시노? 아이고 환장하겠네. 에라 모르겠다.' 성표는 고기나 실컷 먹자며 줄지어 있는 고기들을 맘껏 공략했다.

"오냐 오냐 옳지 잘한다. 고래 무야지."

할배는 그런 성표를 바라보며 미소가 떠나질 않는다.

"그라고오 내일 성표 입학식때 단디 준비하거라이. 아범 마카 다 준비됐제?"

"예 아버지. 관광버스는 새벽 5시에 오기로 했고예. 백부님과 숙부님, 고모님과 이모님께도 다 연락해 났심더. 그라고 송씨 허씨 박씨네 등 동네사람들도…."

"알았다. 밥 묵자."

할배는 한껏 들떠 보고하는 성표 아버지의 입을 막았다. 보고자는 입이 삐쭉 나왔다. 버스에 실을 간식이며 자리 배치, 화장실 타임과 서울 가면서 들을 음악 테이프까지 아직 보고할 내용이 많이 남았는데… 무엇보다 이번 입학식에 임하는 서울대 아버지로서의 자세를 보여주고 싶었는데… 이걸 다 막아버린 서울대 아버지의 아버지가 약속했다.

"아부지 내일 뭐 입을꺼라예?"

오숙이의 질문에 보고자는 아차했다. 정작 자신이 입을 옷은 챙기지 못한 것이다.

"어 어 맞다. 옷."

할배의 눈치를 씨익 보며 슬거머니 일어나더니 보고자는 안방으로 들어갔다.

"아빠, 지난번처럼 입으면 안돼. 바지는 새로 사던지 빌리던지 하고, 특히 넥타이 넥타이는 제가 매줄께요."

보고자의 뒤통수에 대고 오숙이는 잔소리질을 해댔다. 이를 듣고 있던 엄마가 마지못해 숟가락을 놓고 보고자의 뒤를 따라 일어섰다.

식구들은 모두 내일 서울 간다는 생각에 밥을 먹는 둥 마는 둥했다.

뭘 입을지

뭘 가져갈지

촌티는 나지 않아야 할낀데

63빌딩은 볼 수 있을랑가

남산타워는…

머릿속은 부풀대로 부풀어 있었다.

이런 와중에 할배와 성표만이 본분을 지키고 있었다. 성표는 열심히 고기들을 공략했고, 할배는 성표에게 고기들을 날랐다. 성표는 고기를 씹으며 할배의 마음을 알 것 같았다. 고기를 나르는 할배의 정겨운 손길과 자신을 바라보는 따뜻한 시선이 고기에 배어 있었다.

'할배요 고맙심미데이. 오늘 밤 할배를 함 안아 드리겠심더. 서울 가서도 이 고기 안 잊겠심미더. 할배가 주신 이 고기를.'

어느덧 할배와 같이 자야 한다는 부담은 사라지고, 어릴 적부터 품어 왔을 할배의 사랑을 다시 한번 품으며 성표는 고기를 품었다.

사실 그날 밤 성표는 할배의 넋두리를 다 듣고 있었다. 안아 드리진 못했지만 할배의 따뜻한 손길을 온 몸으로 느끼고 있었다. 할배 손이 얼굴에 닿을땐 자칫 눈물을 흘릴뻔했다. 할배의 사랑에 제대로 답하지 못한 죄송함, 일부러 모른척한 자신의 뻣뻣함에 대한 죄송함 때문에 눈물이 났다. 무엇보다 할배의 넘치는 사랑을 직접 받고 있는 그날 밤 성표는 속 눈물을 쏟아내고 있었다.

'할배요 죄송합니데이. 그라고 사랑합니데이.'

그날 밤 성표는 한숨도 자지 못했다. 그렇게 밤이 깊어갔다.

입학식

안개가 내려앉은 새벽녘 마을회관 앞은 때아닌 북새통을 이뤘다. '축 싸래 마을 김성표 서울법대 입학'이라는 큼지막한 플랭카드를 두른 관광버스 옆으로, 버스에 오르는 사람, 배웅하는 사람들이 뒤섞였다. 싸래 마을 사람들에게 서울은 저 물 밖 미국보다 더한 곳이었다. 맨날 TV에서만 봤던 남산타워와 63빌딩, 그리고 한강변은 동경의 대상 그 자체였다. 농사일에 바쁘기도 했지만 마을 밖을 나간다는 것은 웬지 낯설고 두려운 일이었다. 10리 밖의 김천 시내에도 어지간해서는 나가지 않았다. 낯선 것 뿐만 아니라 귀찮은 일이었다. 시내 가려면 흙 묻은 옷을 갈아입어야 했고, 닭 모이며 개 먹이를 챙겨 놓고 와야 했다. 무엇보다 논밭이 신경 쓰였다. 한순간이라도 마음을 놓고 있으면 작물들이 삐져서 잘 자라지 않을 것 같았다. 시골 농사꾼들의 일상이 그들의 발목을 잡았던 것이다.

하지만 오늘은 다르다. 닭이 도망가든지 말든지, 똥개가 똥을 싸든지, 농작물이 토라지든지 말든지, 오늘은 가야 했다. 서울로. 가서 봐야 했다. 번뜩이는 빌딩들과 한강변을 거니는 서울 사람들을. 그리고 찍어야 했다. 사진을. 해서 벽에 걸어놓고 두고두고 자랑하고 봐야 했다. 아버지의 아버지, 고모의 고모들이 고종황제처럼 흑백사진에 버티고 서서 가족의 역사를 말해 주듯이 서울 상경의 역사를 대대로 물려줘야 했다. 그래서 성표의 서울법대 입학은 마을 사람들에겐 그 이상의 의미였다. 입학 축하를 넘어 마을 사람들에게 새로운 역사의 장을 열어 주는 것이었다.

버스를 타는 사람들 대부분은 그 집안의 대표선수들이었다. 그래서 버스에 타는 사람보다 마중 나온 사람들이 더 많았다. 대표선수들은 집안사람들의 손을 일일이 붙잡으며 작별 인사를 했다. 그리고 집안의 염원을 안고 버스에 오르고 있었다. 여성분들은 한결같이 고운 한복을 차려 있었다. 아마도 장롱 깊숙이 정성스럽게 간직해온 한복이리라. 그리고 한결같이 두툼한 보자기를 들고 있었다. 그 안에는 좋은 일에 빠질 수 없는 삶은 계란과 사이다가 들어 있으리라. 남성분들은 어눌한 양복을 입었다. 마을 장날에 소 팔러 갈 때 입을 법한 아래위가 어울리지 않는 그런 양복이었다. 신발도 구두를 신은 분, 것도 잘 닦지 못해 전혀 광나지 않는 구두들의 무리가 있는가 하면, 어떤 분은 운동화를 신었다. 어제 샀는지 너무 새 티가 나는 운동화였다. 종합적으로 언발란스의 극치였다. 좀 더 나이 지긋한 성표 할배 뻘 남성들은 한복이 편했다. 웬지 모자도 써야 할 것 같았다. 편한 한복 위에 중절모로 포인트를 준 할배들은 그 밑의 남성보다 훨씬 더 멋있어 보였다. 할배들이 세월의 관록이 묻어 있는 단아한 기와집을 닮았다면, 중년의 남성들은 이제 막 지어진 날티 나는 집 같았다. 양옥 같기도 하고 한옥 같기도 한 이도 저도 아닌 이상한 집 말이다.

성표는 그런 광경을 멀뚱히 보고 있었다. 벌써 버스에 탄 성표는 차가 왜 빨리 안가는지 알 수 없었다. 그저 빨리 출발했으면 했다. 빨리 고기가 있는 서울로 갔으면. 빨리 주희가 있는 서울로 갔으면. 버스 안에서는 이선희의 J에게가 낮게 흘러나오고 있었다.

한참 잠이 든 성표는 갑자기 커진 노랫소리에 화들짝 놀라 잠에서 깨어났다. 아빠의 청춘이었다. 성표 아버지가 한껏 달아오른 얼굴로 박자 꼽표 음 꼽표, 그냥 불러 째끼고 있었다. 성표가 잠든 사이 버스 안에서는 아침술이 돌았고, 그 술잔의 돌격 방향은 서울법대 손자와 아들을 둔 할배와 아버지였다. 그나마 할배의 진중한 사양으로 모든 술잔은 아버지에게로 향했다. 아버지는 혀가 꼬이고 얼굴이 잘 익은 김천 사과가 되었지만 할배는 이 역사적인 날을 정갈하고 담대하게 맞이하고 있었다. 성표가 눈을 뜻을 때 버스는 아빠의 청춘을 싣고 어느덧 서울에 진입해 있었다. 성표는 서울거리를 물끄러미 내려다보았다. 조금씩 가슴이 벅차오르기 시작했다.

'여기가 서울이다. 여기가 고기가 넘쳐나는 서울인기다. 어디 있노? 하얀 와이셔츠들이 고기 먹던 곳이. 오 오 가게마다 고기집이네.'

성표의 코가 벌렁이기 시작했다. 거리 곳곳에서 고기 냄새가 흘러나오는 것 같았다. 아빠의 청춘이 아무리 귓등을 때려도 성표의 다른 감각은 모두 서울 거리로 향했다. 특히 코가 이상증식했다. 이젠 고기들이 거리를 둥둥 떠다니기 시작했다. 성표는 침을 흘렸다. 모든 감각은 마비되고 후각과 미각만이 살아 있다.

'어 근데 자는 누구고? 자가 가아이가? 그래 주희 주희 맞제?'

거리 한가운데서 어릴 적 주희가 숙녀가 되어 걷고 있었다.

'어 주희야 주희야.'

성표는 속으로 몇 번을 불렀다. 그걸 들었는지 주희가 성표를 돌아보았다. 환히 웃으며 손까지 흔들었다. 성표는 주희한테 달려가고 싶었다. 머리를 들이밀었다. 어 근데 뭔가 막혀 있다. 창이었다. 성표 얼굴은 버스 창에 짓이겨져 코가 입이 되고 입이 코가 되었다. 손바닥까지 가세해 창문을 밀어보지만 환한 얼굴의 주희는 자꾸 멀어져 갔다.

"와 저가 서울대네."

갑작스런 소리에 성표는 화들짝 창문에서 얼굴을 떼었다.

"어디고 어디?"

버스 안이 술렁였다. 누군가 서울대 정문을 먼저 발견했던 것이다.

"와 저가 서울대가?"

"텔레비에서 봤던 서울대 맞네."

"저 삼각형 모양. 우와 실제로 보니 억수로 크네."

"저 안쪽 전체가 서울대가? 논 몇마지 될끄?"

"저 안에 있는 애들이 우리나라를 움직이는거 맞제?"

다들 자리에 앉아 있질 못하고 창문에 붙어서 저마다 한마디씩 했다.

할배는 성표의 손을 꼬옥 잡았다.

'여기가 니가 꿈을 펼칠 곳이다. 여기서 니가 우리 집안을 일으켜 세울끼다. 여기에 니 뜻을 심고 함 크게 펼쳐봐라. 이 할부지가 뭐든 다 해주게.'

성표는 그런 할배의 눈을 멍하니 바라보았다. 할배가 왜 손을 세게 잡는지 도대체 알 수 없었다. 손이 점점 아파오기 시작했다.

'아 아 할배요. 손 좀….'

피익 소리를 내며 버스 문이 열렸다.

2부

첫날

어 이 분위기는 뭐지? 공부 좀 하는 놈들은 겉으로만 봐도 척 아는데. 저것들은 어떻게 여기에 들어왔지? 성표에게 화려한 옷과 파마 머리에 껌 쫙쫙 씹는 일단의 무리들만 눈에 들어왔다. 전국에서 공부 제일 잘한다는 사람들만 모아 놨는데 저 날날이 같은 놈들은 대체 어디서 왔단 말인가? 성표와 같은 반이 된 김씨 성을 가진 놈들을 쓰윽 스크린하고 있는데 오렌지 빛 나는 놈들에게만 관심이 갔다.

수업을 마치고 놈들이 담배를 물고 모였다. 빡빡 담배를 빠는 모습에 웬지 끌렸다. 아니 저 놈들에게 끼고 싶었다. 분명 서울 놈들일테고 저 놈들과 친해 놔야 학교생활이 편하고 재미있을 것 같았다. 성표는 슬거머니 슬쩍 끼어 들었다.

"담배 하나 도."

놀란 놈들이 흘겨본다.

"어? 어."

담배 한 개비를 쿨하게 건넨다.

"너 시골에서 왔지? 어디서 왔니?"

간지러운 서울말로 출신성분을 묻는다.

"어 김처언."

성표는 자신도 모르게 최대한 끝을 올리며 서울말 흉내를 낸다.

"너거들은 서울이니~~이?"

뭐 이런 놈이 다 있어 하며 피식피식 웃는다. 서울 놈들이. 그러든지 말든지 성표는 담배를 멋있게 최대한 빨았다.

"우웩 콜록콜록 아이고 죽겠네."

처음 담배를 입에 댄 성표는 속 따가워 미칠 지경이다. 눈물도 막 흐른다.

"푸하하하."

서울놈들이 웃고 생 난리다.

"너 담배 처음이구나. 괜찮니?"

그 중에서 나이스 해보이는 한 놈이 성표를 걱정한다. 그러나 그뿐. 놈들은 자기네들 끼리 씩 가버린다. 성표는 콧물 반 눈물 반을 쏟으며 멀어져 가는 놈들을 야속하게 쳐다볼 따름이다. 이렇게 성표의 서울 놈들과의 첫 도킹시도는 아무런 성과 없이 끝났다.

"글나? 걸마들 법대생 맞나? 우째 날날이들이 그리 공부를 잘했을끼?"

성표의 얘기를 듣던 광필이 물었다.

"광필이 니 모르나? 서울아들은 경제력과 성적이 비례한다 안 카드나. 아버지나 할배가 돈이 많아서 몰래 과외도 고액으로 시키고, 하고 싶은 거는 뭐든 다 한다 안카나. 차도 외제차라던데. 너거집 경제력과는 차이가 있지."

"거서 와 또 우리집이고? 니 이 새끼."

중계방송하던 준성이에게 광필이 달려들었다. 내빼는 준성이를 광필이 쫓는데 그 범위는 성표의 주변이다. 성표를 중심에 두고 원만 뱅글뱅글 그릴 뿐이다.

"야들아 고마해라. 너거는 오늘 어땠노?"

법대생 성표가 한마디 하자 상대생 준성이와 농대생 광필이 올스톱했다.

"난 마 그저 그렇더라. 너거들도 알다시피 아부지 성화에 서울대 오긴 했는데 내가 농업에 딱히 관심이 있는 것도 아이고. 그렇다보이 교수님 말씀도 귀에 안들어 오고, 같은 과 애들한테 관심도 안가더라."

"맞제? 그럴끼다."

광필의 말에 준성이가 굉장한 동의를 표했다. 광필은 또 괜히 기분이 나빴다.

"야 니…."

하고 한마디 할려다 말았다. 그래봤자 입만 아프므로.

"난 애들이 다들 미래의 사장님 같더라. 눈도 번쩍번쩍하고 자신감에 넘쳐 있는게. 아이고 마 나는 가들 쨉이 안되겠더라. 얼마나 말들도 잘하고 적극적이든지 나도 기가 팍 죽었다."

"천하의 우리 준성이가 어쩐 일로 요렇게 됐을꼬? 니 준성이 맞나어이?"

광필이가 준성의 얼굴을 손가락으로 찌르며 반격을 시도했다.

"손 안치우나? 니 죽을래?"

"와? 와?"

두 놈이 또 전쟁을 치룰려는 찰나,

"스톱!"

법대생 성표가 진정시켰다.

"너거들 이제 고마해라. 대학생이 돼서도 고삐리처럼 이럴끼가? 것도 서울대생이. 고마하고 밥이나 무러 가자."

두 놈은 스톱했다.

"밥은 무신… 술 무러 가자~~."

준성이가 좀 전의 일은 싹 잊어버리고 광필과 성표를 양쪽 어깨에 하나씩 끼고 또 앞장섰다.

학생증

"여가 맞을 끼다. 전에 보니까 사람들이 여기서 빡쩍빡쩍 대더라."

준성이가 놈들을 끌고 녹두거리에 들어왔다. 청벽집, 탈, 달구지 등 식당들을 훑어 보면서 그래도 그나마 깔끔해 보이는 집을 찾았다. 더불어 고기가 나올 법한 식당을 찾았다. 성표 절마가 분명 고기를 찾을 것 같아서. 이곳저곳을 기웃거려 보지만 딱히 고기 나올 것 같은 집은 보이지 않았다.

"야 저 들어가자. 제일 만만한게 중국집 아이가?"

광필이가 낙점을 했다. 두 놈은 토를 달 입장이 못됐다. 분명 계산은 광필이 절마가 할 거니깐.

화빈루라는 중국집에 들어온 놈들은 메뉴판은 보는 둥 마는 둥 했다. 짜장면 셋, 그리고 탕수육 대짜 하나. 촌에서 그랬듯이 몸에 밴 관성이었다. 최고로 맛있는게 짜장면, 그보다 더 맛있는게 아무때나 먹을 수 없는 탕수육. 다만 달라진게 있다면 빼갈 하나.

"캬 억수로 독하네. 쥑인다."

"맞제? 이게 바로 술 맛인갑다. 목꾸영을 타고 창자까지 싸아~~ 한게… 이게 진정 주님의 세계아이가?"

광필의 한마디에 준성은 열마디를 했다. 성표는 한마디도 하지 않았다. 당연히 탕수육을 폭풍흡입하고 있었다. 언제 부턴가 성표는 고기만 앞에 있으면 말이 없어지기 시작했다. 서울대생이 되어서도 본분을 잊고 고기만 탐했다.

여기서 말하는 본분이란 이 땅의 최고의 대학,

최고의 인테리가 갖추어야 할 그 도도함과 그 아우라,

그 뭐랄까 서울대생이라는 타이틀이 주는 그 있어 보이는 그시기….

여하튼 본분에 따르면 저렇게 먹을 수는 없는 노릇이다. 준성과 광필은 그저 빼갈에 감탄할 뿐이다. 성표는 원래 저런 놈이니까. 그래도 새로운 주님의 세계에 성표를 초대 아니 할 수 없다.

"성표야 니도 요거 한잔 만 해봐라. 너무 편식하지 말곳!"

준성이가 골구로 먹어야 씩씩한 어린이가 된다고 성표에게 아버지처럼 말했다. 성표는 곧바로 잔을 들고 틀어넣었다. 고기 먹는 시간을 절약해야 했다. 빨리 한잔 먹고 고기를 먹어야 했다.

"오 괜찮은 걸. 샤아아~~한게."

그렇게 잠깐 생각한 성표는 또 탕수육을, 고기를 주워 담기 시작했다.

놈들은 고딩 때 준성이 자취방에서의 술사건 이후에 많은 노력을 했다. 술 잘 먹으려고. 최대한 자주 술을 접했다. 어른들이 학력고사 보느라 수고했다고 밥 사줄 때, 의례적으로 술을 권하면 사양하지 않고 무조건 받아 마셨다. 친구 놈들이 당구장 가서 짜장면과 소주를 시켰을때도 당구보다 소주를 더 주목했다. 졸업여행 때에도 가능하면 술을 많이 가져갔다. 저녁때면 반드시 술을 반주 삼았다. 몸을 술에 적응시켰다. 정신도 술로 적셨다. 이런 노력의 결과 원샷 원킬로 한방에 뻗어 버렸던 자취방의 수모는 더 이상 겪지 않게 되었다.

꺼억~~

하고 트림이 올라왔다. 준성과 광필은 충분히 먹었다. 짜장면은 당연하고 특히 빼갈을. 근데 탕수육은 먹지 못했다. 성표가 탕수육을 거의 다 쳐먹었기 때문이다. 해서 성표는 짜장면은 남겼다. 것도 많이. 준성과 광필은 기가 차다는 듯 성표를 쳐다 봤다.

"넌 이 귀하디 귀한 짜장면을 이렇게 홀대하면 어쩌자는 거야?"

성표는 광필의 호통에 아랑곳하지 않고 눈만 꿈뻑였다. 이 세상에 여한이 없다는 듯이.

“놔 둬라. 하루 이틀 이야기냐? 성표 절마는 서울대생이 아닌기라. 고기 앞에서는. 품위고 뭐고 엄다.”

준성은 괜히 서울대 타이틀을 끌어들였다. 여기 녹두거리의 주인으로서 폼나게 저녁 먹으려 했는데 성표 땜에 망쳤다고 나름 결론을 내렸다. 가시 눈으로 성표를 쏘아보며.

“야야 됐고. 고마 가자. 절마 원래 저런 놈 아이가.”

광필이 수습하며 지갑을 찾았다.

어 근데 여기도 없고, 저기도 없다.

잠바 주머니에도 없고, 바지 주머니에도 없다.

“야들아 내 지갑이 엄다. 일마이거 어디 갔노? 너거들 돈 있나?”

“잘 찾아 봐라. 우리 한테 돈이 어딨노? 우린 항상 니만 믿는다 아이가.”

당황한 광필의 말에 준성이가 느긋하게 대꾸했다.

“진짜 엄다 카이. 어디서 떨어졌나 보다. 클 났다. 이를 우짜노?”

“그래? 하숙집가서 돈 빌려오까?”

광필의 호들갑에 성표가 우직하게 말했다.

“누구한테 빌릴낀데? 니 아는 사람 있나? 빌리지도 못할게 말은….”

“맞제… 아직 아는 사람도 별로 엄고. 이를 우짜지? 맞다 하숙집

아지매 한테 빌리면 되겠네."

성표는 신대륙을 발견한 것처럼 큰소리로 외쳤다.

"잠깐. 너거들 뭔 큰일이라고 호들갑이고. 내가 간단히 해결하께."

준성이가 뭔가 좋은 수가 있는지 척 나섰다. 그럴땐 놈들이 봐도 좀 멋있어 보이긴 했다. 해결만 된다면.

"나 따라 온나."

준성은 늠름하게 놈들을 데리고 카운터로 갔다. 놈들은 뭘 믿고 저리도 당당할까 걱정반 기대반으로 준성을 따라갔다.

"아지매 우리가 먹다 보이 지갑을 깜빡하고 두고 왔심더. 혹시 이거 드리고 나중에 돈 갚으면 안될까예?"

준성은 뭔가를 들이밀었다. 두 놈은 동공이 확대되며 준성의 손에 시선이 집중됐다.

어 저건 학생증이잖아.

서울대 경영학과 학생증이었다.

근데 저게 통할까?

"어 그래. 너희들 돈이 없구나. 그럼 되고말고. 나중에 와서 주면 돼. 그동안 이 학생증은 내가 잠깐 맡아 놓으게."

이게 웬일인가? 아지매가 저렇게 쉽게 승낙하다니. 것도 상냥한 미소를 지으며. 두 놈은 입이 벌어졌다.

"너희들도 서울대생이니?"

주인 아주머니가 성표와 광필을 향해 친절하게 물었다.

"아 네 절마는 법대생이고 절마는 농대 다닙니더."

두 놈이 말하기도 전에 준성이가 정리했다.

"아 그래? 니가 법대생이니? 참 기특하구나. 고향이 어디니?"

"김천입니더."

이번에도 준성이가 답했다. 성표는 아직도 벌어진 입을 다물지 못하고 있다.

"아이고 그 시골에서 열심히 공부했구나. 장하다 장해. 담에 또 오렴. 그땐 더 많이 주께."

아지매는 성표의 머리를 쓰담쓰담하며 예뻐했다.

"아 네 감사합니다. 담에 또 오겠십더."

당연히 준성이가 대답했다. 두 놈은 아직도 어리둥절 이 상황이 낯설었다. 그러나 두 놈다,

와 서울대가 이런거구나 싶었다. 돈 없어도 통하는, 학생증만 있으면 다 되는, 서울대는 서울대구나. 글구 우리가 바로 서울대생이란 말이다. 이제 준성이 뿐만 아니라 성표와 광필도 서울대의 위력을 실감하고 있었다.

신촌

매일 매일 학교를 오가는 길은 별천지였다. 기현이는 여기가 대학교인지 쇼핑센터인지 분간이 가질 않았다. 물론 정문을 들어서면 분명 학교지만 그 전에는 분명 학교가 아니었다. 기현이에게 신촌 거리는 그야말로 눈 빠지게 하는 새로운 세상이었다. 낮은 말할 것도 없고 특히 밤에는 삐까뻔쩍 형형색색 천국이 따로 없었다. 삐용삐용 오락실부터 시작해서 골목골목마다 펼쳐져 있는 온갖 주점들 나이트클럽들 여관들, 촌에서는 도저히 상상도 못 할 환락의 거리였다. 김수희 노래가 절로 나왔다.

'네온이 춤을 추는 남포동의 밤
이 밤도 못 잊어 찾~ 자~ 아 온 거리
그 언젠가아~~ 사랑에 취해에에~~ 행복을 꿈꾸던 거리
사랑을 잃으은~ 내 가슴 속에에~ 추억만 새로워어어~~
이 밤도 불러 보오오는 이 밤도 불러 보오오는
신촌의 부우~ 르어 스어~~'

신이 난 기현이는 남포동을 신촌으로 바꿔 부르며 환락의 거리 한가운데로 자신을 던졌다. 매일 밤 불나비처럼 주점과 나이트클럽을 드나들었다. 촌놈 기현이에게는 정문 안 보다 바깥쪽이 훨씬 좋았다. 정문 안에서는 학생식당에서 밥 먹는 정도. 왜냐면 밤부터 놀려면 돈이 필요했다. 저렴한 학식을 먹어야 했다. 좀 더 쓴다면 50원짜리 자판기 커피. 물론 수업은 대부분 땡땡이 깠다. 고딩 때의 그 고통을 당분간 시작하고 싶지 않았다. 공부에 갇히는 그 고통을. 최소한 1년은 놀기로 작정했다. 식사 후엔 하숙집에서 늘어지게 잤다. 밤 활동에 필요한 에너지 비축을 위해.

근데 이상한 건 늘 혼자 다녔다. 기현이 본인도 그 이유를 확실히 알진 못했다. 단지 편했다. 혼자 있는게. 술값 누가낼지 눈치 볼 필요도 없었고, 어느 주점 어느 나이트클럽에 들어갈지 의논할 필요도 없었다. 특히 여자를 꼬실 땐 나만의 판단과 나만의 전략만 있으면 됐다. 괜히 사랑의 작대기로 니는 이쪽 여자, 니는 저쪽 여자, 왈가왈부할 필요가 없었다. 그러고 보면 혼자 다니는게 전혀 이상한 일은 아닌 셈이다.

오늘은 신촌 로터리 쪽의 '우산 속' 나이트클럽을 가보기로 했다. 요새 한참 뜨고 있는 나이트다. 연세대 뿐만 아니라 이대 홍대 서강대 등 인근의 학생들을 빨대처럼 빨아들이고 있다. 특히 첨단을 달리고 있는 여학생들이 몰려들고 있다. 옷이면 옷, 춤이면 춤, 그리고 얼굴과 몸매까지 당대의 최고 첨단들이 훌륭한 수질을 만들어내고 있었다. 기현이는 그 물에 몸을 흠뻑 적시고 싶었다.

입구에 들어서자 낯익은 음악이 흘러나왔다. 보니엠의 해피송이다. 현란하게 돌아가는 사이키 조명과 또 다른 형형색색 빛들이 톡톡 튀는 음악과 절묘하게 어울렸다. 더불어 무대 위 인간들도 그에 맞춰 톡톡 튀고 있었다. 기현이는 일단 탐색해보기로 했다. 무대 위로 올라 음악에 맞쳐 가벼운 스텝을 밟았다. 그러나 눈을 비롯한 온갖 촉들은 가볍지 않았다. 곧추세워 스캔하고 있다. 발 이외에 모든 더듬이를 왕성하게 움직였다. 여자들의 일거수 일투족, 특히 눈을 레이즈 빔처럼 쏘아 보았다. 눈 속에 있는 그녀들의 알콜 섭취량, 현재의 기분, 좋아하는 남자 타입, 취향, 성격, 학교, 심지어 속궁합까지 읽어내려 애썼다. 그리고 자신을 그녀들 속에 대입시켜 보았다. 경험에 비추어볼 때 분명 일치하는 그녀가 나온다. 그러면 그 이후의 일은 일사천리로 진행된다. 아 근데 오늘은 나타나질 않는다. 대여섯 무리 지어온 이쪽 여자들도, 이쁘게 춤추는 저짜 여자애도, 테이블에 혼자 앉아 있는 저애도, 모두 대입되지 않는다. 일치하지 않는다.

허탕인가? 에이 모르겠다. 춤이나 추자.

기현은 무대 맨 앞 집채만한 스피커 앞에 몸을 던졌다. 쿵쾅거리는 저음을 온몸으로 받았다. 머리부터 발끝까지 전해오는 선율은 언제나 기분을 좋게 한다. 해서 스피커 앞으로 최대한 가까이 다가섰다. 귀로만 음악을 듣는 것이 아니다. 스피커에서 쏟아져 나오는 리듬들이 온몸을 때린다. 온몸이 흔들리며 요동을 친다. 그냥 몸을 맡기면 저절로 춤이 된다. 기현은 눈을 감고 음악 속에 빠져든다. 얼마나 췄을까? 누군가와 툭 부딪히는 느낌에 눈을 떴다.

어 누구신지?

분명 기현 앞에 여자가 춤을 춘다. 알 수 없는 미소를 흘리며. 아니 저 미소는 그 미소다. 익숙한 그 미소. 바로 합석으로 이어지고 그 다음엔 동반 외출로 성사되는 그 미소였다.

여잔 기현을 한참 전부터 주시하고 있었다. 무대 맨 앞에서 날아다니는 한 마리 자유로운 영혼을. 주변에 개의치 않고 음악과 하나되는 기현이 참 보기 좋았다. 자연히 발길이 그쪽으로 향했다. 가까이서 본 기현은 더 좋았다. 꽉 막힌 틀과 형식에서 벗어나려는 기현의 미친 몸짓이 자신을 닮았다고 생각했다. 그동안 옥죄었던 모든 것으로부터 탈출하려는 탈옥수 같아 좋았다. 여잔 기현의 몸짓을 따라 움직였다. 같이 탈옥하고 싶었다.

눈을 마주한 두 사람은 몸도 마주했다. 얼마간 춤을 췄다. 그리고 나이트를 같이 나왔다. 그리고 어디론가 같이 들어갔다.

다음날 기현은 학식으로 점심을 때웠다. 으레껏 커피 자판기 앞에 섰다. 줄이 길었다. 기다렸다. 누군가 앞에서 커피를 뽑아 돌아섰다.

근데… 근데 바로 그 아이였다. 어젯밤 같이 있었던. 우리 학교 학생이었다.

"저기요…."
"피차 모른 척 합시다."
말을 자른 여자는 획 하니 가버렸다. 기현은 커피 뽑을 생각을 까맣게 잊어버리고 있었다.

성주보

법대 다니는 광수가 긴히 할 말이 있다고 보자고 한다. 주보는 왜 갑자기 만나자는지 궁금했다. 매일 캠퍼스에서 만나는데 무슨 할 말이 또 있다고. 여하튼 동문 쪽 중국집에서 광수를 기다린다.

광수는 대학 와서 주보의 유일한 말벗이었다. 물론 같은 과 친구들 몇 놈들과도 친했지만 고향 친구와는 달랐다. 특히 성표를 비롯한 불알친구들을 서울로 다 떠나보내고 이곳 경북대에서 마음을 의지하던 친구였다. 그렇게 가깝게 된 것도 비슷한 집안 사정 때문이었다. 돈이 없어 등록금이 싼 국립대로 올 수 밖에 없었던 저간의 사정이.

"어 광수야 여다."
헐레벌떡 광수가 들어왔다.
"마이 기다렸제? 오다가 선배를 만나서 잠깐 이야기 하느라…."
"아이다 괜찮다. 우리 뭐 무까?"

"맨날 묵는거 있잖아. 짬뽕 국물에 단무지, 그리고 소주."

"맞다. 그리고 짜장면. 크크."

"아지매 여기요…."

"알았다. 그거 맞제?"

주인 아주머니는 주문도 안했는데 척하니 맞췄다. 자주 오다 보니 아줌마가 도사가 다 됐다. 게다가 인심도 좋았다. 늘 배고프고 가난한 학생들의 마음을 누구보다 잘 알았다. 짬뽕 국물을 언제나 넉넉히 채워줬고, 특히 단무지는 무한 리필이었다. 어떨 땐 단무지만으로 소주를 비우기도 했다.

"니 뭔 일 있나? 긴히 할말이란게 뭐꼬?"

"어 그게…."

광수는 머뭇거렸다.

"와? 니 사고쳤나?"

주보가 다그치자 광수는 할 수 없었다.

"그게 아이고. 나 재수하기로 했다. 서울 가기로 했다. 여서는 도저히 안되겠다. 집안 사정이고 뭐고 내 생각대로 하는게 맞는거 같다. 내 인생 내가 사는 거지 누가 대신 살아주는 것도 아이고. 마침 직장 다니는 아제가 서울에 있어서, 아제 집에 얹혀 살기로 했다. 미안하다. 주보야."

"미친놈. 뭐가 미안하노? 잘 됐네. 니 원래 서울 가고 싶어 했잖

아. 자 한잔해라."

소주를 권하기는 했지만 주보는 소주를 넘기기가 힘들었다. 광수도 떠난단다. 이제 나만 남았다. 서울서 재수하고 서울서 학교 다니겠다는 광수가 부러웠다. 광수도 주보의 이런 마음을 잘 알기 때문에 머뭇거렸던 것이다. 소주가 쓰다. 광수에게도.

입학한지 얼마 지나지 않아 친구를 또 떠나 보냈다. 이제 정말 나 혼자다. 여서 날고 기어야 한다. 장학금은 당연히 받아야 하고 졸업 후엔 반드시 서울 간다. 해서 주보는 다른 게 눈에 들어오지 않았다. 다들 미팅이다 소개팅이다 하는 데 관심도 두지 않았다. 대신 장학금을 주는 학교 방송국에 응시했다. 합격했다. 정신없이 바쁜 날들을 보냈다. 그래도 학과 생활을 놓치지 않았다. 늘 1등이었다. 전액 장학금을 받았다. 그런 주보를 여학생들이 좋아했다. 배불뚝이였지만 젠틀 했다. 뭔가 뚜렷한 목표가 있어 보이는 게 남자다웠다. 주보는 학교생활이 재밌었다. 뭐든 하고자 하면 다 됐다. 공부면 공부, 동아리면 동아리, 단 여학생들은 경계했다. 사귀는 순간 계획이 틀어진다 생각했다. 시간과 돈이 무진장 깨질 것 같았다. 뒷날 서울 가서 하리라 마음 먹었다. 놈들과 함께.

끽연

수업이 끝난 성표는 오렌지 법대생들을 찾았다. 지난번 담배 피다 쪽팔렸는데 만회하고 싶었다. 그동안 혼자 화장실에서 담배연습을 했다. 왜 화장실이냐고? 다들 화장실에서 담배를 피우잖아. 응가할 때. 하여 성표는 화장실을 찾았다. 귀동냥으론 '수정' 담배가 제일 순하다고 했다. 박하향도 나는게. 글구 길었다. 연습하기엔 딱이었다. 화장실에 쪼그리고 앉아 담배에 불을 붙였다. 한 모금 살짝 빨았다. 오 괜찮은데. 기침도 나지 않고. 입안에 향도 도는게. 이번엔 좀 더 길게 빨았다. 우웩 콜록콜록. 여지 없이 기침이 나왔다. 아 미치겠네. 이거 어떡하지? 다시 심호흡을 하고. 다시 길게 빨았다. 또 콜록콜록. 얼마나 반복했을까 어느새 1평도 되지 않은 칙간은 연기로 자욱했다. 누군가 노크를 했다. 문을 열었다.

"괜찮습니까?"

"아 예."

건성으로 대답하고 화장실을 나왔다. 이런 짓을 몇 번이나 했는지 모르겠다. 아직 성표는 담배를 마스터 하지 못했다. 한가득 고민을 안고 버들골 잔디밭 구석에 앉아 담배 한 개비를 물었다. 무심결에 불을 붙였고 길게 빨았다. 또 한모금 한모금. 어 된다 돼. 이거 되잖아. 성표는 계속 빨았다. 빡빡.

그동안 화장실에서 안 된 이유는 바로 연기 때문이었다. 꽉 찬 연기로 기침이 날 수 밖에. 초자에게는. 밖에 나오니 공기가 잘 통하니까 절로 성공이었다. 앗샤 한 개피 더. 성표는 나름 줄 담배를 피웠다. 그리고 준성에게 달려갔다.

"준성아 성공했다. 함 봐봐."

성표는 길다란 수정 담배를 꺼내 제임스 딘처럼 멋있게 꼬실렸다. 푸 푸.

"봐 됐지?"

"어 축하한다."

준성이답지 않게 심드렁하게 말했다. 성표는 기분이 상했다.

"야 그게 뭐꼬? 이 역사적인 사건에. 호들갑을 떨어도 시원찮을 판에."

"니 아직 진정한 성공이라고 말할 수 엄다. 끽연의 진정한 성공은 화장실에서 응가를 잘, 아주 잘 하면서 이루어지는 기다. 다시 말해 니가 담배를 피면서 똥을 잘 눠야 한다는 말이다. 것도 아주

편하게."

이제야 촉새 준성이답게 지껄였다.

"그래? 니 당장 가자."

잠시 생각하던 성표가 준성을 낚아챘다. 성표는 준성을 개 끌 듯 하며 화장실로 뛰었다. 그 어떤 이인삼각 경기보다 빨랐다. 준성은 개 목줄이 된 손을 뿌리칠 수 없었다. 화장실 문 앞에 다다르자 성표가 대뜸,

"니 같이 들어가자."

"야 내가 거기 왜 들어가냐?"

"와? 역사적인 순간인데 니 눈으로 봐야지."

"이게 미쳤나? 빨리 하고 나온나. 내 문 앞에서 기다릴게."

"아이다 준성이 니 눈으로 봐야 된다."

또 한번 개끌 듯 화장실로 들어갔다. 준성은 그 좁디좁은 화장실 벽에 찰싹 붙어 성표가 하는 꼴을 지켜 볼 수 밖에 없었다.

"이레 하면 되제?"

성표는 담배 한모금 빨고 응가 한번 하고, 또 빨고 응가하고, 아주 절도있게 무한 반복했다.

"으 이 새끼야 냄새 쩐다 쩔어."

준성은 똥과 담배의 절묘한 조화에 정신을 잃을 지경이다.

"됐제? 이레 시원하게 응가하고, 멋있게 담배 댕기면 됐제? 성공

이제?"

"그래 그래. 니 똥 굵다. 아이고 인정하게. 인정 인정."

성표는 씩 웃으며 마지막 한 모금을 길게, 아주 기~~일게 빨아 땡겼다.

몰래바이트

"이 오렌지들 어데 갔노?"

성표는 벌써 1시간째 오렌지 법대 놈들을 찾고 있다. 강의실은 다 뒤져봤고 어디에 있지? 이제 캠퍼스를 어슬렁거리고 있다. 어 절마들 아이가? 저 멀리 농구장에서 놈들이 놀고 있다. 성표는 천천히 다가갔다. 사자가 먹이를 향해 나아가듯. 농구장에 다다른 성표는 일단 담배를 일발 장전했다. 그리고 어이 하며 손을 흔들었다. 그리고 담배에 불을 붙였다. 보란 듯이. 놈들도 손을 한번 흔들고는 계속 농구질을 했다. 아예 성표를 쳐다보지 않았다. 성표는 쓸쩍 애가 탔다. 절마들 와 안보노? 내가 담배피는거 봐야 하는데. 한 개피 더 물었다. 그래도 여전히 놈들은 농구에만 열중이다. 날 좀 보소 날 좀 보소. 언젠가는 보겠지 싶어 연신 담배를 빨았다. 이윽고 놈들이 농구를 멈췄다. 쉬는 타임인가 보다. 성표는 더 폼나게 빨았다. 얼굴을 살짝 찡그리고 눈은 가늘게 뜨고. 제임스 딘인지 누군지 모르겠지만 반항아처럼.

"어이 촌뜨기 이제 담배할 줄 아네. 담배 하나 줘 봐."

지난번 복도에서 성표에게 담배를 건넨 용구가 빛 갚아라는 듯 달라한다.

"어 여기."

성표는 기다렸다는 듯 잽사게 받쳤다. 자신도 모르게 두 손으로. 불도 붙였다.

"수정이네. 여자들이나 피는."

한 모금 빤 용구가 거들먹거렸다. 옆의 놈들도 피식거렸다. 성표는 얼굴이 빨개졌다. 뭐꼬? 수정은 담배 아이가? 언짢았지만 성표는 내색하지 않았다. 어쨌든 오렌지 놈들과 친해져야 한다. 서울 왔으니 서울놈들과 같이 놀아야지. 서울 애들과 노는 게 고기 먹는 것만큼 중요 하다 생각했다. 촌놈 특유의 서울에 대한 동경 때문일게다.

"너 농구 할 줄 아니? 우리랑 한판 할래?"

용구가 또 거들먹거리며 제안했다. 갑작스런 제안에 성표는 당황했다. 쟁기를 끌거나 토끼를 잡거나 그런 것은 해봤어도 농구는 한 번도 해 본적이 없었다. 운동이래야 기껏 체육시간에 축구를 해 본 게 다였다. 그것도 70명이 이쪽저쪽 반으로 나눠 몰려다니기만 했다. 축구공 하나를 두고.

"어 그래 함 하자."

성표는 얼떨결에 합세했다. 놈들과 친해져야 한다는 일념으로. 근데 당체 스텝이 나오질 않았다. 자꾸 발이 꼬였다. 쓰리 스텝을 밟아야 하는데 공과 발이 동시에 바운스 됐다. 군대에서 발과 팔이 동시에 올라가는 고문관처럼. 슛을 날려도 골망에 절대 가지 못했다. 그 앞에서 픽픽 떨어졌다. 내가 이레 힘이 없나. 이번엔 세게 던져본다. 골대를 훌쩍 넘어간다. 타점이 전혀 맞지 않는다. 그래도 엉거주춤 볼을 잡으러 이리 뛰고 저리 뛴다. 어떻게 보면 참 웃기고 귀엽다. 용구는 그렇게 생각했다. 시골 아이의 순진함, 순수함 뭐 그런 것들이 묻어 있다 생각했다. 서울 놈들에게서는 볼 수 없는. 처음 복도에서 봤을 때도 성표의 순진무구한 눈이 참 좋다 생각했다. 집에서 기르던 강아지의 눈빛 같기도 했다. 그래서 기억에 남았다. 용구는 볼을 자꾸 성표에게 토스했다. 뭔가를 자꾸 주고 싶었다. 겉으로는 거들먹거려도 속은 따뜻했다.

“니 몰래바이트 생각 있니?”

땀투성이가 된 성표에게 용구가 물었다. 성표는 눈이 똥그래졌다. 그 좋은 걸 왜 나한테. 말로만 듣던 몰래 바이트였다. 과외를 사교육비 문제로 나라에서 금지시켰다. 그래도 알음알음 몰래몰래 과외 아르바이트를 했다. 가성비도 좋아 어떤 아르바이트 보다 학생들이 선호했다. 언감생심 촌놈인 성표는 엄두도 못냈다. 몰래 바이트만 하면 고기도 실컷 먹고, 용돈이며 학비 걱정하지 않고 살 수 있었다.

"어 좋지. 근데 왜 나한테…."

성표는 반신반의 물었다.

"그냥. 니가 하면 좋을 것 같아서. 나는 몇 개 하고 있는데 힘들기도 하고."

"그래 고맙다."

성표는 얼떨떨했다. 여하튼 몰래바이트 하게 되면 이제 본격적인 서울 생활 시작이다. 나도 어엿한 서울 사람 되는 기라. 생각만 해도 좋았다. 티비에서 봤던 한강변도 걸어보고, 63빌딩도 가보고, 남산타워에도 올라가 보리라. 무엇보다 고깃집에서 배 터지게 고기를 먹으리라. 그땐 특별히 흰옷을 입어야지. 샐러리맨처럼. 글구 양념 같은 것도 막 묻혀야지. 고기도 떨어뜨려서 고기 흔적을 옷에 남겨야지. 고기 굽는 냄새도 옷에 막 베이도록 해야지. 누구를 만나도 고기 냄새가 나도록 해야지. 당분간 세수도 하지 말까? 옷도 갈아입지 말고. 이 모든 게 곧 현실이 될거라 생각하니 성표는 절로 웃음이 나왔다.

띵똥띵똥.

성표는 조심스레 벨을 눌렀다. 여의도 시범아파트라는 곳을 어렵사리 찾아왔다. 아파트 숲속에 들어와 보긴 처음이다. 건물들에 눌려 조금 답답했지만 적응해야 한다. 이제 서울 시민인데.

"어서 와요. 우리 성찬이 선생님 맞죠?"

정말 꽃이었다. 말로 표현할 수 없는 알레강스하고 화사한 꽃. 어떻게 저럴 수 있지? 문을 열어준 아줌마를 보며 성표는 입을 다물지 못했다. 엷게 한 화장에 파마기가 있는 긴 머리, 그리고 화사한 웃음, 분홍색 앞치마에 물 묻은 손을 닦는 모습까지, 서울 아줌마들은 역시 달랐다.

우와 저건 뭐지?

성표의 입은 계속 벌어졌다. 아이보리 톤의 벽지와 흰색 소파는 그 어디에서 볼 수 없는 세련미의 극치를 달리고 있었다. 누리끼리한 벽지는 본 적이 있어도 저처럼 순수혈통의 아이보리는 처음이었다. 성표가 사는 김천 집은 모든 벽이 누리끼리 했다. 심지어 벽지라고 붙여 놓은 신문지까지 누리끼리 했다. 흰색과 아이보리는 주방에서도 계속 이어졌다. 흰색 씽크대 찬장과 아이보리 식탁 테이블은 그야말로 화룡점정이었다. 동화 속에 나오는 흰색 요정이 사는 궁전 같았다. 그 짧은 시간에 성표는 모든 것을 다 봤다. 단 옆에서 인사하는 아이만 빼고. 자신의 고객인 그 아이는 벌써 몇 번이고 인사를 했지만, 성표는 보지 못했다. 요정 아줌마와 순수혈통의 아이보리에 빠져서.

"자 이거 먹어봐요."

아줌마는 냉장고에서 과일과 요플레를 꺼내 주었다. 오 저 귀한 딸기 요플레. 그리고 잘 깍여 나온 사과, 특히 저 바나나. 성표는 정신이 혼미해질 지경이다. 어쩌다 시내 나가면 한 번 먹어 볼까 말까 한 요플레는 늘 꿈이었다. 맛은 둘째치고 진귀한 것이었다. 죽 같은 게 죽도 아니고 딸기 맛 같은데 딱히 딸기 맛이라고 하기엔 좀 더 고급 졌다. 바나나도 두말하면 잔소리. 1년에 한 번 먹어 볼까 말까 한 과일, 아니 음식이었다. 과일은 일상적으로 먹는 것이고, 바나나는 그 보다 더 범접할 수 없는 진귀성 때문에 과일이라는 평범한 말을 붙이기엔 예의가 아니었다. 최소한 성표에겐 그랬다. 사과는 또 어떤가? 맨날 통째로 그냥 먹었다. 씻지도 않고. 저렇게 예술적으로 잘 다듬어진 사과는 처음이었다. 이래저래 성표는 정신을 차릴 수 없었다.

성표는 먹을 겨를도 없이 또 입이 벌어졌다. 냉장고 문이 두 개가 아닌가? 그리고 크다. 대체 저 안에는 뭘 그리 많이 넣어 놨을까?

“냉장고 안에 고기도 있으니 꺼내 먹어요.”

헉 고기라니. 고기가 있어. 근데 고기를 어떻게 먹으라는 거야. 그냥 먹으면 되나? 날 것을. 고기란 원래 굽든지 삶든지 해야 하는 것 아이가? 어쨌던 고기가 있으니 먹는 방법도 생각나겠지. 성표는 온갖 상상을 하며 웃음이 절로 났다.

"그리고 성찬이랑 공부보단 잘 놀아주면 돼요. 형처럼. 이제 중2니까 천천히 해도 될거예요."

놀아주라니. 이게 웬 떡이야. 성적 관계없이 놀자. 앗사아. 힐끔 아이를 본 성표는 확신에 찬 미소를 지었다. 뭘 가르쳐도 알아들을 수 없을, 돌대가리 같은 아이 하나가 옆에 앉아 있었기 때문이다. 엄마랑 완전히 딴판이었다.

"우리 잘해보자."

성표는 놈의 머리를 쓰다듬으며 의미심장한 웃음을 흘겼다. 넌 이제 내 밥이다.

학원 로맨스

준성은 대구의 말자가 생각났다. 고교 청춘을 분홍빛으로 함께 보낸 그 애가 오늘 불현듯 가슴에 와 박힌다. 지금 내가 이래도 되는 기가? 학원에서 만난 지원이와 많은 시간을 보내며 준성은 심한 죄책감을 느꼈다. 서울 올라올 때 말자와 언약 아닌 언약을 했지 않은가? 절대 딴데 눈길 안 주기로. 말자만 생각하기로. 근데 종로에 있는 어학원을 다니며 몰려드는 여성들의 데쉬에 준성은 쉽게 넘어가고 말았다. 말자와의 언약은 잊은지 오래다. 근데 오늘은 웬지 말자가 떠올라 괴롭다.

준성은 서울대 입학 후에 비밀스런 행보를 시작했다. 같은 과 애들을 보니 도저히 그냥 있을 수 없었다. 다들 스펙이 화려했다. 집안도 집안이지만 팽팽 돌아가는 좋은 머리에다가 영어면 영어, 수학이면 수학, 운동이면 운동, 못하는 게 하나도 없을 정도다. 특히 영어 실력들이 출중해 이건 뭐 미국 사람이었다. 준성은 심한 열등감을 느꼈다. 이래선 안되었다. 뭐라도 해야 했다. 딴 건 몰라도 영어

부터 시작하기로 마음 먹었다. 촌놈의 관점에서 봤을 때 가장 부럽고 고급지고 폼나는 것이 영어였다. 그래서 몰래 종로에 있는 어학원에 등록한 것이다. 물론 성표도 모르게.

학원에 와 보니 서울대와 완전 딴 세상이었다. 일단 틈들이 보였다. 숨 쉴 수 있는. 학교에서는 말로 설명할 수 없는 타이트함이 있었다. 모범생들이 가진 범접할 수 없는 조밀함이 있었다. 틈이 보이질 않았다. 그들과 경쟁해야 한다는 강박감도 있었다. 느슨한 구멍은 찾아 볼 수 없었다. 웃고 떠들고 장난쳐도 서울대생 특유의 정밀함, 빈틈없음을 떨쳐낼 수 없었다. 숨이 막힐 지경이었다. 준성의 열등감 때문이라고 해도 어쩔 수 없었다. 여하튼 숨이 막혔으니까.

근데

근데

이 학원에서는 기분 좋은 틈들이 막 보였다. 수업 분위기부터 느슨했다. 위트 넘치는 강사가 있었고, 공부 반, 취미 반으로 강사의 토설을 여유롭게 주워 담는 수강생들이 있었다. 긴장 모드로 가득했던 학교수업과는 달리 여기엔 웃음모드가 넘쳤다. 수강생들끼리 주고받는 핑크빛 눈빛도 이런 분위기에 한몫했다. 일단 여학생들이 많았다. 엷은 화장 냄새와 은은한 샴푸 향이 그들 속에서 새어 나왔다. 준성은 황홀했다. 천국이 따로 없었다. 것도 그럴 것이 많은 여학생들이 준성에게 추파를 던지고 있었다. 이쪽 방면으로 전문가인 준성의 촉엔 분명 그랬다. 추파였다. 연정을 품은. 나와 어떻게 해보자는.

여학생들의 눈엔 준성이가 넘 귀여웠다. 키도 자그마한 것이 서울애들에게 느낄 수 없는 풋풋함이 묻어나왔다. 서울래기들에게는 촌놈들이 가진 시골틱한 것이 매력으로 막 보이는가 보다. 거기에다 서울대생이래. 어쩜 저런 촌스런 애가 서울대생일 수 있지? 준성이 가진 묘한 매력에 여학생들은 저마다 빠져 들고 있었다. 준성은 고르기만 하면 된다.

저짜 자는 쌍거풀이 너무 찐해 패스

자는 머리를 와 저리 뽁았노 패스

자는 안경이 영 맘에 안들어 패스

자는 목이 너무 짧아 패스

옳지 자다. 자가 제일 낫네. 준성이 드뎌 결정했다. 그 자는 준성의 결정을 알았는지 자리에서 일어난다. 어 니 내 맘을 어찌 알았노? 하는데 앞문으로 나가 버린다. 아마도 쉬가 마려웠나 보다. 어 근데 저게 뭐꼬? 준성은 눈살을 찌푸렸다. 그 자의 엉덩이가 준성의 눈에 들어 온 것이다. 실룩실룩 오리 궁둥이 너도 패스. 준성은 다시 스크린을 시작했다.

자는 어깨가 너무 넓어 패스

자는 허리가 없네 패스

자는 다리가 짧네 패스

자는 종아리에 근육이 패스

자는… 자는… 자는… 오 나의 자는 어디에 있단 말인가? 준성이 열심히 눈알을 돌리고 있는데, 순간 사방이 갑자기 환해지기 시작했다. 이 대낮에 웬 빛이? 준성은 빛의 정체를 찾기 시작했다. 문 쪽에서 어떤 여자애가 들어오는데 그 지점에서부터 발화되고 있었다. 바로 그 아이에서부터 빛이 퍼져 나오고 있었다. 그 빛이 점차 강해지더니 주변은 암전되고 그 아이만 또렷이 보였다. 준성은 뚜----- 모든 것이 끊어졌다. 생각도 판단도 호흡도 다 끊겼다. 오로지 눈만 살아 있어 그 아이에게 꽂혔다. 준성은 얼음이 되었다.

이름은 지원이라 했다. 나중에 만나면서 안 사실이지만, 눈 코 입 어깨 허리 팔 다리 어느것 하나 시중의 기준에 부합하는 것은 없었다. 준성의 스크린 기준에도 차지 않았다. 근데 꽂혀 버렸다. 지원이에게. 그냥 그 빛이 준성을 꼼짝 못하게 했다. 세상의 온갖 기준은 무의미했다. 준성은 지원을 만나기 위해 학원에 갔다. 영어가 아니라. 행복이 넘치는 날들이 이어졌다.

스테이크 집. 지원이 오늘 한턱 쏜단다. 지난번 영어 테스트에서 만점 받았다고. 겨우 50점을 넘긴 준성은 자존심이 상했지만 공짜 고기라니. 거절할 이유가 없다. 근데 내심 걱정은 됐다. 스테이크가 소고기라는 건 들어서 알겠는데, 어떻게 생겼는지, 어떻게 먹어야 하는지, 또 맛은 어떤지, 대체 아는 바가 하나도 없기 때문이다. 김천에서 먹었던 돈까스의 추억도 가물가물하다. 숟가락 말고 칼과 포크가 나온 건 기억난다. 그 외에는 암전.

"손님 스프는 어떻게 드릴까요?"

뭐 스프? 그냥 주면 되지. 아무거나.

"그냥 주세요."

"오늘은 크림스프와 옥수수, 야채고기 스프가 준비되어 있습니다."

골라야 돼? 귀찮게스리. 뭐 굳이 골라야 한다면. 당근 고기지. 성표처럼.

"야채고기 스프 주세요."

"네. 고기 굽기는 어떻게 할까요?"

뭘 자꾸 묻는거야. 그냥 줘 제발.

"네?"

"그러니까 레어? 웰던? 미디어 웰던? 어느 정도로 구워드릴까요?"

준성은 웨이터를 똑바로 쳐다 볼 수 없었다. 눈이 마주치면 들킬 것 같았다. 무슨 말인지 못 알아듣는 자신의 처지를. 고개를 푹 숙인 준성은 미칠 지경이다. 영어 같긴 한데 영어 아닌 것 같고. 분명 영어 학원 다니고 있는데 리스닝이 안된다. 등짝이 오싹해지기 시작했다.

"웰던으로 주세요."

옆에서 지원이가 미소지으며 주문했다.

준성은 이때다 싶어 "아 예 저도 그걸로." 냉큼 시켰다.

사실 지원은 좀 전의 상황극을 재미난 듯이 지켜보고 있었다. 준성이 쩔쩔매는 모습이 그렇게 귀여울 수가 없었다. 좀 더 놔둘까 하다가 식은땀까지 흘리는 준성을 구해주기로 했다. 웰던으로. 준성은 지원에게 어색한 웃음을 던졌다. 고맙다고. 구해줘서. 지원이 니가 이 상황을 너무나 웰던하게 잘 처리해서.

생맥주집. 둘은 2차를 왔다. 준성은 또 놀랬다. 5층 짜리 건물 전체가 생맥주 집이라니. 것도 옆의 건물도 앞의 건물도 모든 빌딩이 생맥주집으로 도배돼 있다. 대체 서울래기들은 술만 먹나?

"여기 오백 두 잔하고 노가리 주세요."

지원의 거침없는 행보에 준성은 또 쓴 웃음을 지었다. 언제부턴가 상황에 적응이 안되면 썩은 미소를 짓기 시작했다. 습관적으로. 아마도 촌티를 감추려는 준성 특유의 가면이리라. 그래도 쓴 웃음 뒤엔 시골 촌놈의 풋풋함은 늘 베어 있었다. 그것 땜에 지원이 준성을 만나고 있는 것이다. 물론 서울대생이라는 타이틀이 가장 큰 이유이기는 했다.

"건배~~에."

잔을 부딪힌 준성은 벌컥벌컥 들이 부었다. 지금까지의 긴장을 식히느라. 어 근데 이 맛은 뭐지? 목을 기분 좋게 긁어내는 이 맛. 그리고 사이다도 아닌 것이 탁 쏘는 청량감. 맥주 맛이야 그저 그럴 것이라는 지레 짐작으로, 물론 양에 비해 값도 비쌌기에, 촌에서 막걸리와 소주만 마셨던 준성에겐 새로운 경험이었다. 맥주 것도 생이어서 그러나? 술 맛이라기 보다는 한 차원 다른 사이다 맛 같은 것, 미국에서나 파는 고급진 청량음료 같은 것, 우와 되게 맛나네.

"지원아 내 한잔 더 무도 되나?"

"어 더 무라 더 무도 된다."

지원이가 준성이 사투리를 흉내 내며 깔깔거렸다.

얼마나 많이 마셨는지 준성은 정신을 차릴 수가 없었다. 지원의 부축을 받으며 택시를 탄지 얼마나 지났을까? 눈을 뜨니 기숙사 앞이었다.

"준성아 괜찮아? 다 왔어."

준성은 대답 대신 지원을 물끄러미 바라보았다. 지원이가 너무 예뻤다. 얼굴도 예뻤지만 그 마음이 더 예쁘다. 나를 바래다주다니.

여자가 남자를. 준성은 감동했다. 이대로 지원을 보낼 수 없었다.

"지원아 니 기숙사 구경시켜 주까?"

뜬금없는 준성의 제안에 지원은 망설였다. 시간도 늦었고 자신도 좀 취했다. 그래도 준성과 더 있고 싶기도 했다. 좋아하니까. 이게 사랑인지도 모르니까. 주저주저하는데 갑자기 손이 확 나꼈다. 어느샌가 준성은 지원의 손을 잡고 기숙사로 들어가고 있었다. 몰래 기숙사까지 들어온 준성은 방문을 닫자마자 지원에게 키스 세례를 퍼부었다. 지원도 싫지 않았다. 둘은 마음껏 젊음을 발산했다. 덜커덩. 갑자기 문 여는 소리가 들렸다. 기겁을 한 둘은 옷매무새를 급정돈했다. 룸메이트였다.

"어 중수야 잠깐 나갔다 오께."

준성은 룸메를 보는 둥 마는 둥 하고 지원의 손목을 잡고 급히 기숙사를 빠져 나왔다. 룸메는 눈이 휘둥그래져 둘의 뒷모습을 뚫어져라 쳐다보았다. 부러움에 터질 듯한 눈알을 굴리며.

몸이 달아오른 두 청춘 남녀는 기숙사 뒷산으로 올라갔다. 본능적으로 발길이 이끄는데로 갔다. 적당한 곳을 찾은 두 사람은 서로의 몸을 탐닉하기 시작했다. 그 어느 때보다 숲이 무성하다 생각했다. 숲은 그 어떤 솜이불보다 포근했다. 가까이선 풀벌레 소리가, 멀리선 소쩍새 소리가 두 청춘이 엮어내는 숲의 향연을 축복했다. 준성은 숲속 향기가 이렇게 진한 줄 몰랐다. 나무와 풀이 만들어내는 싱그러운 내음이 평소의 몇십 배, 아니 수백 배 진동했다. 그것도 모자라 숲 향기가 온몸에 가득 차 터질 듯 팽창하는가 싶더니 갑자기 정신이 뚜~우~욱 아득해졌다. 얼마나 시간이 흘렀을까? 얼굴이 간지러워 눈을 떴다. 작은 초록 벌레가 눈 바로 밑에서 기어가고 있었다. 너무나 이쁜 진초록 벌레가.

자리를 털고 일어나는데 달빛에 비친 지원의 하얀 엉덩이가 눈에 들어왔다. 거기엔 낯익은 글자가 희미하게 찍혀 있었다. 대표일보. 그제서야 기숙사를 나설 때 대표일보 신문지를 급하게 챙긴 것이 기억났다.

잔불 중불 큰불

준성은 다시 말자가 떠올랐다. 룸메 중수가 어제의 일을 꼬치꼬치 캐물었지만 일언반구도 하지 않았다. 생각에 잠겨있다. 말자와 지원을 오가며. 말자와 헤어져뿌까? 그럼 불쌍한 우리 말짜 펑펑 울낀데. 지원이 하고 여기서 그만하까? 그럼 난 학원 못 갈낀데. 한참을 생각중이다. 또 중수가 옆구리를 찌른다.

"아 이 새끼. 그래 어제 줘여줬다. 됐나? 뭐가 그리 궁금한데? 내 지금 말자하고 지원이를 어떻게 할지 머리 아파 디지겠는데."

준성은 버럭 고함을 질렀다.

"아하 니 양다리 걸치는 것 땜에 그러는구나. 등신아 고민할 게 뭐가 있니?"

"뭐라 캐쌌노? 니 뭐 좋은 수가 있나?"

"야 임마. 잔불 중불 큰불 모르니?"

중수는 서울놈처럼 뺀질하게 정리에 들어갔다.

"그게 뭐꼬?"

"너 여자 만날 때 1명만 만날거니? 그건 너무 불공평하고 몰상식

해. 어떻게 남자로 태어나 1명의 여자만으로 만족할 수 있지? 이건 가혹한 형벌과도 같은 거야. 두루두루 많이 많이 만나야 그게 진정 남자야. 이게 자연의 법칙에도 맞고."

"길게 설 풀지 말고 간단하게 말해."

"자 나만의 비법을 전수해 주지. 이름하여 잔불 중불 큰불 법칙이야. 잔불은 이제 막 사귀기 시작한 여자애들이야. 아마 여러 명 되겠지. 내 경우에는 두 자릿 수, 하하 10명이 넘지. 중불은 조금 진도가 나간 여자들이야. 스킨쉽 정도는 했다고 봐야지. 한 자리수 뭐 4명쯤 돼. 마지막으로 큰불은 결혼을 생각하는 여자야. 이 단계에서는 좀 신중해야 해. 그래서 2명 정도."

"말도 안돼. 그렇게나 많이? 니 가들 감당되더나?"

"자자 내말 아직 안 끝났어. 이렇게 세 단계는 서로 유기적으로 잘 돌아가도록 관리를 잘해야해 돼. 첫 번째 원칙은 각각의 애들과 나눈 대화, 데이트 간 곳 등 자잘한 것을 다 기억해야 해. 그래서 메모는 필수. 두 번째, 만나는 횟수를 철저히 계획할 것. 나 같은 경우는 만나는 여자들이 많아서 두 달 단위로 나눠서, 잔불은 두 달에 한 번, 중불은 두 달에 세 번, 큰 불은 당연히 수시로 만나는 거지. 그렇게 되면 두 달 = 60일, 잔불은 10명이니까 10명 ×1회 = 10일, 중불은 4명 ×3회 = 12일, 큰 불은 2명 ×∞ = ∞ 일, 이라는 계산이 나오지."

"와 미친놈. 그게 어떻게 가능하농?"

준성은 갑자기 코맹맹이 소리가 나왔다. 놀랍기도 했지만 자신도 뭔가 배울 점이 있을 것 같은 기대감 때문에 코가 벌렁거렸기 때문이다.

"물론 아무나 하는게 아니지. 노력하고 훈련하면 이 형님처럼 될 수 있단 말이지. 이 단계별 전략이 왜 좋은 줄 아니? 불이 절대 끄지지 않는다는 거야. 자 봐. 큰불이라도 꺼질 수가 있지. 서로 뭔가 안 맞아서. 만약에 큰불이 꺼지면 바로 중불 중에서 잘 키워 큰불로 만들고, 마찬가지로 중불이 꺼지면 잔불을 잘 키워서 중불로 만들면 되는 거야. 잔불에서 중불, 중불에서 큰불로 커지면서 절대 끄지지 않는 거지. 그야말로 안전 빵 백 프로. 푸하하."

"이야 치밀하네. 그러면 나는 우에야 되노?"

"내가 볼땐 현재 말자가 큰 불 같고, 지원이가 중불 정도 되는 것 같은데. 나처럼 키워봐. 같이 공존하는 거야. 굳이 누굴 끌까 걱정할 필요 없어. 전략을 세워 동시에 만나는 거지. 그리고 잔불도 피워야지. 내가볼 땐 말자와 지원이를 걱정할 시간에 잔불들을 지필 궁리를 하는게 낫단 말씀이지."

"큰불? 중불? 잔불?"

준성은 중수 이야기가 굉장히 일리가 있는 말이라고 생각하고 그렇게 되뇌었다. 그리고 나서 뭔가 깨달았다는 듯이 잔불? 잔불, 잔불이라….

서울

주보는 통일호에 몸을 실었다. 서울에 있는 놈들을 만나기 위해서다. 벌써 몇 주 전부터 손꼽아 기다려왔다. 서울은 난생 처음이기도 하고 놈들이 많이 보고 싶었기 때문이다. 기차값을 생각하면 비둘기호를 타야 했지만 설레는 마음에 최대한 빨리 가고 싶었다. 거기다 걱정도 좀 됐다. 서울역에서는 촌놈들을 노리는 강도들이 많다 들었다. 비둘기호를 타면 값은 싸겠지만 밤새 달려 새벽에 서울역에 내리게 된다. 새벽의 서울은 좀 으스스 했다. 무서웠다. 그래서 눈 딱 깜고 통일호를 탔다. 차장 밖 풍경 속에 놈들이 떠올랐다. 자씩들 서울래기 다 된거 아이가? 근데 왠지 웃음이 났다.

'서울래기 = 성표, 준성, 광필, 기현.'

등식이 성립되질 않는다. 상상이 되질 않았다. 그럴리 없지. 걸마들 결코 서울래기가 될 수 없어. 뼈속 깊이 촌놈인걸. 창밖에 걸친 주보의 얼굴엔 또 미소가 번졌다.

어느덧 대전역에 도착했다. 좀 길게 정차한단다. 왜 그런지는 모르지만. 어 근데 사람들이 막 내린다. 짐은 놔두고. 저 사람들은 대전역이 목적지가 아닌데 왜 내리지? 주보는 유심히 본다. 김이 모락모락 나는 간이 가게 앞에 사람들이 바글바글이다. 주보도 따라가 본다. 아하 우동 먹으려고 사람들이 내렸구나. 참 맛있게도 먹는다. 그야말로 개 눈 감추듯 먹는다. 주보도 한그릇 주문한다. 펄펄 끓는 국물에 우동면발을 척하니 한번 담갔다가 턱 꺼내 주는데 맛이 일품이다. 강력한 미원 맛과 서걱서걱 씹히는 면발, 살짝 뜨거운 국물, 그 어디에서도 먹어 보지 못한 대전역표 우동이다. 테이블 중간에 한 무더기 쌓아 올린 노오란 단무지를 한입에 넣으니 우동 맛을 더 감칠 나게 한다. 주위 사람들도 같은 생각인 것 같다. 넘 맛있어 넘 빨리 먹는다. 젓가락질 세 번도 되지 않는 것 같다. 한 입에 후루룩. 주보도 따라 해보지만 쉽지 않다. 호루라기 소리가 들린다. 기차가 출발 할 거란 신호다. 주보도 할 수 없이 후루룩 했다. 그리고 뛰어가 기차에 올랐다. 생각해 본다. 우동이 맛있었던 건가? 맛나긴 했어. 근데 완전 미원 덩어리였는데. 아마도 기차가 떠나기 전에 먹어야 한다는 긴장감이 맛을 더한 것 같애. 빨리 먹어야 하니까. 그래서 뜨거운 맛을 유지하며 먹었던 거야. 그래서 사람들이 대전역에 오면 우동을 꼭 먹어야 한다고 그러더군. 이제 대전역 우동맛의 비밀을 알 것 같애.

기차가 영등포를 지나며 서울에 진입하자 주보의 가슴은 뛰기 시작했다. 꿈에도 그리던 서울 아니던가? 집안 사정으로 서울로 대학 못 온 서글픈 일이 떠오르고, 불알친구 모두를 서울로 보내면서 홀로 남아야 했던 외로움도 떠올랐다. 자신 보다 못한 성적을 받고도 서울로 대학가는 다른 놈들을 보면서 신세한탄도 얼마나 했던가? 가슴 한켠에 깊은 상처로 남아 있는 서울에 이제 왔다. 한강 철교에 막 진입하면서 63빌딩이 눈에 확 들어왔다. 자신도 모르게 세기 시작한다.

"정말 63층 맞나? 하나, 둘, 셋…."

주위 사람들이 쳐다본다. 주보도 화들짝 놀랬다. 소리 내고 세고 있었던 것이다. 숨고 싶었다. 숨을 곳이 없다. 주보는 차장 밖을 뚫어져라 쳐다볼 뿐이다.

한강이 이렇게 큰 줄 몰랐다. 도도히 흐르는 한강과 우뚝 솟은 63빌딩은 그야말로 한국의 중심, 바로 서울임을 웅변하는 것 같았다. 게다가 서쪽으로 지는 노을이 척 하니 걸쳐지자 판타지 영화에서 본 듯한 거대한 황금 궁전이 된다. 온 강물에 황금이 뿌려져 있고, 모든 건물들도 황금으로 도배되어 있다. 주보는 입을 다물 수가 없다. 역시 서울은 달라. 이렇게 웅장하고 아름답다니. 이 서울 하늘 아래 청와대도 있고 강수연도 있고 조용필도 있구나. 이 서울에 명동도 있고 여의도도 있구나. 그리고 서울대도. 주보는 이제 입을 다문다. 그리고 다짐한다. 여기 이 서울 하늘만 장악하면, 여기 서울에서만 유명해지면, 대한민국에서 최고가 되는 거야. 내 반드시 서울로 입성해서 이 서울을 내거로 만들 거야. 이 서울을 품에 안을 거야. 주보는 벅차올랐다. 꿈의 서울에 왔다는 게 실감 났다. 그동안의 서러움과 울분을 반드시 갚겠다고 다짐했다.

회동

기차에서 내린 주보는 주변을 둘러보았다. 여가 분명 서울역 맞는데 일마들이 왜 없지? 오가는 사람들은 많은데 정작 놈들이 보이질 않는다. 한참을 두리번거리고 있는데 갑자기 뒤통수가 땡겼다.

"야 주보야!!!"

성표와 준성이 주보의 뒤를 공격했다. 뒷덜미가 낚이고 곧바로 헤드록을 당한 주보는 켁켁거리며 놈들의 품에 이상한 모양으로 안기게 됐다.

"야야 이거 좀 풀어봐."

"안되지이. 촌놈 서울왔으니 서울 빵 함 해야지."

성표와 준성은 주보의 등짝을 빵 빵 때리며 깔깔거렸다.

"알았어 알았어. 이제 그만해. 촌놈 충분히 서울 맛 봤데이."

"오케이. 이 새끼 억수로 환영한데이. 내 강아지 이거 드뎌 서울서 보네."

준성이 주보를 부둥켜안고 생 호들갑이다.

"주보야 어여 온나. 이게 얼마만이고?"

성표가 엉거주춤 옆에서 거들었다. 주보는 두 놈의 환대에 얼이 빠질 지경이다.

"근데 너거들 빈손이가?"

"와?"

"짜식들 유붕이 자원방래하면 프랭카드라도 들고 나와야지. 이게 뭐꼬?"

"뭐라꼬? 니 요 온나."

준성과 성표는 다시 달겨들었다. 그러나 이번에는 주보도 호락호락하지 않았다. 도망쳤다. 막 도망쳤다. 놈들도 그 뒤를 쫓았다. 막 쫓았다. 서울역 광장이 놈들의 놀이터가 됐뿌렸다. 광장의 사람들은 놈들을 기분 좋게 쳐다본다. 자신들도 막 뛰고 싶나 보다. 해맑은 우정을 간직한 놈들처럼. 서울역 광장은 신나게 뛰노는 놈들의 동선이 아름답게 수놓아 지며 한 폭의 수채화가 되어가고 있었다. 제목하여 '얼빠진 우정'.

"자 마음껏 무라. 오늘은 내가 다 쏜다."

성표가 목에 잔뜩 힘을 주고 말씀하시었다.

"야 이게 얼마 만에 보는 고기냐? 것도 진짜 고기를."

준성이 감격에 겨워 침을 삼킨다.

"뭘 이런걸 갖고 호들갑이고?"

기현이는 별것 아니라는 듯 짐짓 무시한다.

"야 너거들 경기 좋네. 서울서 생고생하는 줄 알았더니 이렇게 고기도 묵고. 마이 컸네."

주보가 경외해 하지 않을 수 없다는 듯 엄지를 치켜 올렸다.

놈들은 불판 앞에 둘러 앉아 있다. 이 불판은 평상시 용도와는 다르다. 여기서 평상시 용도라 함은 찌개류 정도에 걸맞는 불판을 말한다. 된장찌개나 김치찌개, 잘해야 감자탕 정도. 근데 오늘은 모양도 다르고 무엇보다 크다. 뭣에 쓰는 물건이냐 하면 바로 돼지 갈비용. 놈들은 그래서 저마다 한마디씩 한거다. 그동안 고기를 먹는다고 해봐야 감자탕에 들어간 뼈다구에 붙은 고기였다. 것도 가물에 콩 나듯 가끔 아주 가끔 먹는 천연기념물 메뉴였다. 그런데 지금은 본격적인 고기다. 신림시장 돼지 갈비집. 어떻게 성표가 이런델 아는지 역시 몰래바이트였다. 성표가 몰래바이트를 해서 번 돈으로 이곳 깔 삐 찝 에 모인 것이다. 주보도 촌에서 올라오고 해서 성표가 한 턱 쏘는 거다. 그러고 보니 놈들이 이렇게 모인 것은 서울 와서 처음이다. 이래저래 잔칫날이다. 어? 근데 한명이 안 보인다. 광필이다.

"광필이는 어디갔노? 오늘 안 오는 기가?"

"아마 오늘 못 올끼다. 오라고 연락은 했는데 뭐가 그리 바쁜지

코빼기도 안 보인다. 우리도 학교서 못 본다. 본지 오래됐다."

걱정 어린 주보의 질문에 준성이가 심더렁하게 대꾸했다.

"그 새끼. 내가 올라왔는데 설마 안 올라꼬? 안오면 내가 조직의 쓴 맛을 보여줄끼라."

주보가 주먹을 불끈 쥐고 휘둘렀다. 그러나 겁은 하나도 안난다. 오히려 귀여운 쪽에 가깝다.

"야야 됐네 됐어. 누군 안 바쁘나? 나도 나름 얼매나 바쁜데. 광필이 글마 우리가 필요없는 갑다."

기현이가 광필 따윈 신경 끄라는 듯 무심하게 말한다. 주보는 기현이 말하는게 약간 이상해 보인다. 남 같이 이야기 한다. 이 와중에도 우리의 성표는 열심히 고기를 굽고 있다. 아직 고기 집착증에서 못 벗어났나 보다. 하기야 고기 먹으로 서울대 왔으니 이제부턴 실천만 남았으니까. 손수 그 꿈을 행동으로 옮기고 있는 것이다. 놈들이 기가 찬 듯 성표를 본다. 그래도 성표는 안중에도 없다. 열심이다. 그저 열심히 굽고 있다.

"성표야 이제 무도 되나?"

준성이가 색시처럼 조용히 물어본다. 아주 조용히. 놀리듯이. 성표는 대꾸가 없다. 완전 정신이 팔렸다. 정신이 나갔다. 신나서.

"야! 김성표. 무도 되냐니까?!!"

준성이 버럭 소리를 질렀다. 성표가 아이 깜짝이야 하면서 굽던 고기를 떨어뜨렸다.

"아이고 아까봐라. 준성이 니 와카노? 니 땜에 저 귀한 것을…."

"시끄럽고. 야들아 묵자. 절마 저카는 보이 무도 된다. 자 전군 진격하라~~~."

준성의 호령에 놈들은 일제히 젓가락 공세다. 성표도 질세라 합류한다. 고기도 고기지만 간만에 만난 촌놈들은 부어라 마셔라 신나게 달린다. 얼마나 달렸을까? 성표가 갑자기 속이 안 좋은지 연신 커억 커억 한다. 너무 많이 먹은 거다. 아마도 술 보다는 고기가 위에 꽈악 찼으리라. 틀림없다. 술이 아닌 고기. 성표는 급기야 손으로 입을 막으려 한다. 토해져 나오는 고기를 막으려는 듯. 주보가 안스러운지 성표의 등을 두드리려 한다. 성표는 주보의 접근을 막는다. 성표에 의하면 고기가 토해지면 아깝다고. 아까워서 못 뱉어낸다. 더러운 놈. 성표는 안간힘을 쓰고 있다. 좀 진정된 듯 싶다. 성표는 입 안쪽까지 진출한 내용물을 다시 씹기 시작한다. 소가 아닌 인간의 되새김질. 이 얼마나 거시기 한가?

"미친 놈. 절마 저거 진짜 고기에 원수 졌어 그쟈? 어쩜 저렇고럼 미칠 수 있어?"

준성은 혀를 찼다.

"놔 둬라. 지 방식대로 사는 거지 뭐."

기현의 무심한 말이 밉다. 주보는.

"기현아 니 무슨 말이 그렇노? 지 방식대로 라니."

"맞잖아. 각자 지 살고 싶은 대로 사는 거지. 자기가 필요한 대로 편한 대로 사는게 뭐 틀린 말이가?"

"맞는 말이다. 근데 니 말하는 태도가 와 그러노? 정떨어지게. 아무리 오랜만에 만났지만 남 이야기 하듯이 하네. 아까부터."

"뭐가? 광필이 이야기 한거? 맞잖아. 광필이 지도 우리가 덜 필요하니까 오늘 안 온거 아이가? 지가 필요하면 여 왔을끼다. 친구도 필요해야 친구다."

"니 말 다했나? 그럼 필요 없으면 친구 아이가? 니 그럼 오늘 뭐가 필요해서 여 왔는데?"

"이 새끼 봐라. 주보 니 내 지금 티밥주나? 니 지금 날 갈구는 기가?"

"그래 새끼야. 티밥 준다. 어쩔래? 니 마이 변했네. 서울 온지 얼마 됐다고 이렇게 싹 바꿔노?"

"뭐가 변했노? 나는 원래 그랬다. 니 몰랐나? 세상은 필요한 사람들끼리 만나고 필요 없으면 헤어지는 기라. 친구도 똑 같다. 와 내가 틀렸나?"

"이 새끼가 이게?"

주보가 자리에서 일어났다. 한판 할 태세다.

"너거들 와 이카노? 오랜만에 만나서. 기현아 니가 좀 심했다."

준성은 일어선 주보를 말리며 기현이에게 한 마디 했다.

"뭐가 심했노? 준성이 니도 절마하고 같은 생각이가? 내가 변했나?"

기현이가 목소리를 높였다.

"변한 건 모르겠고. 필요할 때만 친구라는 건 심하지 않나?"

"가면들 벗어래이. 너거들 친구 친구 하는데 잘 생각해봐라. 필요가 없는데 친구가 되나?"

"저 새끼가 저래도. 야 임마. 내가 서울 온건 너거들 하고 같이 했던 따뜻한 추억 때문이다. 힘들고 지칠 때 너거들 하고 놀았던 일만 생각하면 싹 없어지는 기라. 그게 친구아이가? 가슴 한 켠에 따뜻이 들어 앉아 있는 너거들의 흔적이. 그러면서 어려운 일 행복한 일 있을 때 마다 함께 하고 싶는 게, 이게 친구 아이가? 뭔가 필요할 때 마다 생각나는 사람 말고 새끼야."

주보는 기현을 향해 마구 쏟아 부었다. 성표와 준성은 아무 말도 안하고 기현을 물끄러미 바라보았다.

"그래 알았다. 너거들 다 그렇게 생각하는가 본데. 그동안 즐거웠다. 너거들 끼리 잘 묶고 잘 살아라."

기현은 휙하니 나가 버렸다. 다들 뻥 졌다. 속이 좀 진정된다 싶었던 성표는 다시 속이 울렁였다.

"이게 뭐꼬? 간만에 만나서."

성표는 소주 잔을 들이켰다.

"기현이 절마 마이 변했네. 안 저랬는데. 신촌물을 마이 무서 그러나? 몇 번 통화하면서 신촌에서 여자애들 하고 노는 이야기, 돈이면 뭐든 다 할 수 있다는 둥, 수업 빼 먹는 재미가 솔솔 하다는 둥 별 이야기를 다하더니."

준성은 뭔가 집히는게 있다는 듯 혼자 중얼거렸다.

"그럼 그렇지. 기현이 절마 저거 서울 물을 잘 못 먹었네. 촌놈이 서울의 잘못된 것만 배운기라."

주보도 씁쓸하게 읊조렸다. 성표는 두 사람의 말을 듣는 둥 마는 둥 다 식어빠진 돼지 갈비를 뜯고 있었다. 것도 누가 먹다 남은 걸.

광필

광필은 학교생활이 영 재미없다. 집안의 영광을 위해 서울대에 왔지만 와서 보니 크게 잘못 온 거 같다. 집안의 영광이 곧 나의 영광이라 생각하며 지금까지 살아 왔지만 머리 굵어 대학생이 되고 보니 그게 아닌 것 같았다. 집안의 든든한 경제적 후원을 받으면서 설렁설렁 학교를 다니며 재미나게 살면 그 뿐이라 생각했다. 서울대 타이틀과 돈, 이것만 있으면 만사가 오케이인줄 알았다. 근데 언제부턴가 알 수 없는 허전함이 또아리를 틀기 시작했다. 놈들을 만나 수다를 떨어봐도 그 허전함은 채워지지 않았다. 어디 마음 둘 곳 없어 캠퍼스를 돌아다녀봐도 온 천지가 최류탄 가스처럼 뿌연 연막이 쳐져 있는 것 같았다.

어느 날 수업을 마치고 나오는데 누군가 광필에게 다가왔다.

"손광필 잠깐 나 좀 볼까?"

"누구신지…."

"나 모르겠어? 3학년 박인선."

"아 예…."

기억을 더듬어 보니 신입생 환영회때 학생회 간부라고 소개를 받은 것 같았다. 말을 나눈적은 없지만 입학 축하한다고 소주잔을 받은 생각이 났다. 잘 정돈되진 않았지만 삐침 파마머리에 하얀 얼굴이 참 선하고 고왔다. 만화 속 캔디 같기도 했다.

"손광필 너 나하고 스터디 한번 안할래?"

"스터디요?"

"어 전공이외에 교양을 쌓을 수 있는 책들을 읽고 토론하는 독서클럽 같은 데야. 현재 2, 3학년들 4명이 하고 있는데, 신입생이 있으면 더 좋을 것 같아서."

광필은 머뭇거렸다. 그런데 그럴 이유도 없었다. 인선 선배라는 사람이 가슴에 쏙 들어왔다. 그녀를 본 순간 또아리를 튼 허전함이 쓰윽 풀려버렸다. 독서클럽이야 뒤로 제쳐두고 일단 그녀를 따라나서기로 했다.

학생회 사무실을 들어서자 온갖 구호들이 벽을 빼꼭히 덮고 있고, 칸막이 쳐진 한쪽 구석에서는 웬지 모를 웅성거리는 소리가 들려왔다. 광필이 어리둥절 멈춰 서자 인선 선배가 광필의 손을 잡아 끌었다. 광필은 자석에 붙은 것처럼 칸막이 안으로 빨려 들어갔다. 모두의 시선이 광필에게 꽂혔다. 그러나 그 시선은 참 따뜻하고 부드러웠다. 이미 광필을 다 아는 것처럼 친숙하기도 했다.

"손광필 어서와. 난 박청범이야."

"어 난 오형석."

"난 최보희."

다들 너무 반갑게 맞아 주었다. 광필은 얼떨결에 악수하며 눈인사를 나누었다. 그 다음부턴 잘 기억이 나질 않는다. 앞으로의 일정과 학습할 책들을 소개한 것 같은데, 광필은 무언가에 취해 기억할 수 없었다. 아마도 온화하고 따스한 눈빛들이 만들어낸, 그 방안의 아우라에 취한 것 같았다. 마치 고향의 저녁 무렵의 안온함이랄까. 신작로에서부터 보이는 우리 집. 저녁 짓는 연기가 모락모락 피어오르고, 마당의 똥개가 꼬리 흔드며 반기며, 앞치마 입은 엄마가 환히 웃으며 어서 오라는, 마음이 아늑해지고 푸근해지는 그런 고향집 풍경. 그게 이 스터디 모임에 있었다.

그 후로 광필은 학생회를 고향집 드나들 듯 했다. 얼마나 많은 책을 읽었는진 잘 모른다. 하지만 '난쟁이가 쏘아 올린 공'을 보며 이 땅의 민중들이 겪는 고통에 아파했고, '베트남 전쟁사'를 읽으며 미국에 대해 재인식하게 되었다. 그리고 '해방전후사'를 통해 내가 살고 있는 이곳이 모두 서구자본의 빚으로 범벅이 되어 있다는 사실을 알게 되었다. 바꿔야 했다. 지금 이 왜곡된 역사를 뒤 바꿔야 했다. 광필은 선배들과 함께 캠퍼스 시위에 참여하고 가투에도 열심이었다. 그리고 광필 옆에는 항상 인선 선배가 있었다. 아니 인선 선배 옆에 광필이 있었다. 왜곡된 역사를 바꾸고 민주화를 여는 것도 중요하지만 인선 선배의 마음을 여는 것도 중요했다. 광필은 이제 학교 다니는 맛이 무엇인지 알 것 같았다.

전방 입소

전방 입소 날이다. 연일 반대 시위를 했지만 그날이 오고야 말았다. 거의 반강제적으로 양구 전방 부대에 오긴 했다. 그러나 입소를 할 수는 없다. 군부독재의 반공 이데올로기에 포섭될 수 없다. 전날 조직에서 광필이 동 뜨기로 했다. 광필이 앞장서 구호를 외치면 조직원이 하나 둘 씩 합세하면서 전체 분위기를 반대 집회로 이끌어 가기로 했다.

전쟁의 기운이 가시지 않은 듯 긴장감이 도는 부대 연병장. 이곳에 오기 전에 고조되었던 반군부 독재타도 전방입소 반대의 패기는 벌써 사그라들고 있었다. 실탄을 장착한 총기를 들고 도열해 있는 군인들 앞에서 모두들 쫄아 있다. 누구 하나 나설 엄두를 못냈다. 광필도 무서웠다. 나섰다간 총에 맞을 것 같았다. 쥐도 새도 모르게 사라질 것 같았다. 그러나 조직에서 결정한 이상 실천해야 한다. 이 한 몸 던져 군부독재를 쳐부수고 미제국주의의 식민지를 깨트릴 수 있다면 어찌되던 상관없다. 아 근데 그래도 무서워 디지겠네. 저 군인들이 나를 향해 총을 난사하면…… 광필은 눈을 질끈 감았다. 한 마디만 외치면 한 마디만 소리치면 다른 조직원들이 합세할거야. 그러면 모두에게 들풀처럼 번져갈 거야. 반군부독재 반미 반제국주의의 불길이. 광필은 벌떡 일어났다. 그러나 눈은 뜰 수 없었다.

"삼천만 잠들었을 때…."

농민가를 한소절한 광필은 촉을 곤두세웠다. 계획대로 누군가가 일어서기를 기대하면서. 어 근데 조용하다. 너무나 조용하다. 실눈을 뜨고 주위를 둘러봤다. 쥐 죽은 듯하다. 우 씨 어찌 된거야.

"우리는 깨어…."

아까 보다 목소리가 작아졌다. 왜 안 따라하는거야.

"배달의 농사형제…."

이젠 아예 개미 소리다. 아 미치겠네 하는데 갑자기 몸이 공중에 붕 떴다. 헌병들이 광필을 양팔로 들어 올린 것이다. 어 어. 광필은 외마디 비명을 질러 보지만 그 누구 하나 편들어 주는 놈들이 없다.

성표와 준성도 걱정 어린 표정으로 바라볼 뿐이다. 완전히 낙동강 오리알 신세다.

대대장 방에 끌려온 광필은 고양이 앞에 생쥐 꼴이다. 신념이고 이념이고 다 필요 없다. 무서워 죽을 지경이다. 총이 무서웠다. 전방의 알싸한 찬 공기가 두려웠다. 저쪽 철장 밖의 어두움이 엄습했다.

"학생 아까 왜 그랬어?"

대대장의 부드러운 질문에 광필은 한시름 놓았다. 그래도 공포가 완전히 가신 것은 아니었다.

"아까 왜 그랬냐니까?"

광필은 뭐라도 답변해야 했다. 무섭고 떨리지만 광필은 짐짓 아닌 척 신념에 찬 목소리로 답하고 싶었다.

"독재정권의 실상을 알리고 싶었습니다."

"그 실상이 뭔데?"

"군부독재가 반공 이데올로기를 앞세워 민중을 억압하고 고통스럽게 하고 있습니다."

"어떻게?"

"멀쩡한 사람을 간첩으로 몰고, 자유로운 집회를 반정부 집회로만 몰아세우고, 민주화를 외치는 사람들을 막 잡아가고, 일상생활을 사찰하고, 그런 것들입니다."

광필의 목소리는 아까와는 정반대로 점점 커져 갔다. 말하다 보니까 그동안 학습한 내용들이 술술 흘러나왔다. 주눅 들었던 광필은 원래 신념에 찬 조직원의 모습으로 돌아오고 있었다.

"그래? 지금 니 눈에는 이게 안보이니? 철책을 두고 남북이 대치하고 있는 이 엄혹한 현실이?"

"그건 군부 독재자가 만들어 놓은 허상에 지나지 않습니다."

"허상?"

말해놓고 보니 아차 싶었다. 군인 앞에서 군부독재자 운운했으니. 그래도 진도는 나가야 한다. 어쩔 수 없다.

"그건 미제국주의의 식민지 전략 전술을 등에 입고, 그 질서를 공고히 하기 위해 반공 이데올로기를 전면에 내세우기 위한…."

광필은 스터디 룸에서 선배들이 내뿜는 열변을 그대로 옮기고 있었다. 대대장은 한마디도 못 알아듣겠다는 표정으로 어이 없어 했다. 그러나 그 시선은 용공분자를 앞에 둔 군인이 아니라 형님 같은 부드러운 것이었다. 철없는 동생이 뭘 모르고 떠들어대는 것으로 넘기는 것 같았다.

"어이 부관. 오늘은 늦었으니까, 이 놈 이거 내일 새벽에 집에 보내도록."

어떻게 시외버스 정류장까지 왔는지 모르겠다. 군 트럭 뒷칸에 실려 심하게 굴곡진 산길을 내려왔던 것은 기억났다. 얼마나 심하게 꼬불아진 산길이었냐면 온 몸이 좌충우돌 했다. 것도 한번도 쉬지 않고. 엉덩이 뿐만 아니라 등짝이 작살나는 줄 알았다. 그나마 튀어나온 볼록 배가 쿠션 역할을 해줘 다행이었다. 그 와중에도 스르럭 잠이 왔다. 입소 전부터 밤잠 설치며 전방입소 거부 투쟁에 대한 계획을 짜야 했고, 전방에 와서는 투쟁을 이끌어야 하는 중압감에 극도로 긴장해 있었다. 게다가 원래의 계획대로 되지 않음으로 해서 그 긴장은 죽음의 공포로 변했다. 군인들의 서슬퍼런 총 앞에. 실탄을 장전한. 또 게다가 대대장 방에 끌려 와서 그동안 학습한 모든 것을 토해 내야 했다. 이러니 광필의 모든 신경이 최대치로 댕겨진 활시위처럼 팽창해 있었다. 그게 일순간 탁 풀리자 잠이 쏟아지기 시작했다. 이제 광필은 트럭의 요동도 느끼지 못하고 쌀 포대처럼 널부러져 자기 시작했다.

근데 서울 가는 버스는 어디 있는 거야? 아직 새벽 공기가 안개로 자욱한 터미널 근방에서 광필은 어설렁 거렸다. 길 잃은 고양이처럼. 배도 고팠다. 돈도 없다. 딸랑 서울 가는 차비만 받아왔다. 트럭에서 내릴 때 운전병이 그렇게 소리치며 내던져 준 것이다. 버스 매표소를 찾아 그 앞에 털썩 주저앉았다. 터미널이 열릴 때까지 기다려야 했다. 추위가 엄습해 왔다. 또 눈이 감겼다. 얼마나 잤을까? 버스 엔진 소리에 눈을 떴다.

기대

전방 철책선 근무를 위해 현역병을 따라나선 성표는 심한 번뇌에 사로 잡혔다. 얼마 전 광필이가 잡혀갈 때 친구로서 아무런 도움을 주지 못했다는 죄책감, 동시대의 대학생으로서 현실을 외면했다는 비겁함 때문에 괴로워 미칠 지경이다. 그저 돈 자랑이나 하고 아무 생각 없을 것 같던 광필이가 시대의 모순과 부조리에 대항하고, 민중들의 아픔을 대변하는 투사가 될 줄 누가 상상이나 했겠는가? 학교서 잠깐씩 만날 때도 자신의 주장을 친구에게 강요하지 않던 속 깊은 놈으로 변해 있었다. 지금 광필이가 끌려갔다. 말로만 듣던 무서운 고문을 당하는 건 아닌지, 감방에 가는 건 아닌지, 영원히 학교로 못 돌아오는 건 아닌지, 오만가지 생각이 다 들었다. 근데 난 지금 뭘 하고 있는 건가? 친구가 잡혀가도 말 한마디 못하고, 비겁했다. 군부독재에 맞서지는 못해도, 최소한 친구가 끌려가게 해서는 안되었다. 근데 그게… 나설 수가 없었다. 할배 생각이 났기 때문이다. 아부지와 어무이도, 동생 말숙이도 막 떠올랐다. 심지어 똘똘이까지도. 이 시점에서 왜 강아지까지 생각났는지 성표도 알 수 없었다. 어쨌던 집안의 기대를 안고 서울 올라왔는데 그 기대를 저버릴 순 없는 노릇이었다. 집안에서 대학생은 나 하나뿐인데 데모하다 잡혀가면 큰일이었다. 서울 올라오기 전에 집안 어른들로부터 귀에 딱지 않을 정도로 들어왔다. '니 절대 데모 하면 안된데이.' 그래서 성표는 외면했다. 집안의 기대를 핑계로. 그래도 연일 집회다 가투다 뛰어다니는 친구들을 보면 늘 미안했다. 비겁하기도 했다. 어쩔 수 없이 집회에 참석하기도 했다. 당연히 마음은 콩밭에 가 있었다. 국가와 민족보다는 늘 할배를 생각했고, 아부지 어무이를 생각했다. 흉내만 낸 것이다. 어쩔 수 없이 회색처신을 한 것이다. 이게 늘 괴로웠다.

어느 날 할배로부터 전화가 왔다.

"성표야 다음 주 화요일 니 할매 제사다."

"아 그러심니꺼? 지는 몰랐심니데이. 죄송합니다."

"아이다 괜찮다. 니는 마 거기서 공부만 열심히 하면 된데이."

"그래도 할배요 할매 제산데…."

"씰데 엄는 소리 하지 말고 내려 오지마라. 니 다음 주 시험 기간 아이가?"

할배는 기가 막히게 알고 있었다. 시험기간을. 그만큼 온 신경을 성표에게 집중하고 있었다. 성표도 그런 할배의 마음을 잘 알고 있었다.

"네 맞심더."

"그카이 더 내려오면 안되제. 시험공부나 열심히 해라. 알았제?"

"네 할배요. 알겠심더."

전화를 끊은 성표는 다음 주 시험 기간에 집회에 참석하고 말았다. 시험거부 투쟁에 동참한 것이다. 물론 친구들의 눈치를 보며 어쩔 수 없이 대열에 합류했다. 또 흉내만 낸 시위 참여였다. 괴로웠다. 시험을 핑계로 할매 제사엔 안가고 그 시험을 거부했으니. 커다란 모순의 소용돌이 속에 빠져버렸다. 성표는 갈팡질팡 좌고우면 회색 처신자였다. 불효자였으며 비애국자였다. 집안의 기대를 져버렸으며 민중의 기대도 배신했다. 철책선 너머 북쪽을 바라보며 성표는 눈물을 흘리고 있었다.

안기부

전방입소 거부투쟁이 실패로 돌아간 후 광필은 진지한 고민에 빠졌다. 조직원들이 동조하지 않은 것도 문제지만, 일반 학생들이 전혀 움직이지 않았다는 것이 더 큰 문제였다. 스터디 룸에서 이런 문제에 대한 심각한 토론이 있었다. 결론이야 뻔했다. 학생 운동의 추동력을 더 높이기 위해서는 조직원들의 강고한 단결이 우선되어야 하고, 그 다음에 학생들을 운동에 자연스럽게 끌어 들여야 한다는 것이다. 그런데 시간이 부족하다. 학생운동을 확산시키기 위해서는 학교현장에서 학생들과 함께 있어야 한다. 광필의 고민은 거기에 있었다. 학교에 있을 수 없다는 것. 즉 군에 입대해야 하는 것. 광필뿐만 아니라 군 입대를 앞둔 조직원들은 늘 이 문제를 안고 살았다.

"영호야 넌 어쩔거냐?"

"글쎄 어쩌면 좋지? 군에 가면 우리 학생운동도 끝인데. 연속성이 없어지는데."

광필의 질문에 같은 운동권의 영호가 미간을 찌푸렸다. 광필이가 조직 내에서 행동 대장 쯤 된다면 영호는 논리 대장이다. 어떤 사안에서도 늘 칼 같은 논리를 내세워 조직원들을 설득하는 것은 영호였다. 그리고 그 논리에 따라 앞장 서는 것은 광필이다.

"한인아 니는 어떻게 생각하노? 니도 군대 가야 할 거 아이가?"

"나는 군대 알 갈 거야. 안가는 방법이 있지."

한인이는 뻰뜩이는 아이디어를 가진 조직의 2인자다. 1인자는 물론 광필이가 아니라 영호다.

"니 혹시 그거 할려고 그러니?"

논리대장 영호가 짐작이 간다는 듯이 물었다.

"그거라니? 그게 뭔데?"

광필이가 두 사람을 번갈아 보며 해답을 찾는다.

"잡혀 가는 것. 집행유예 받는 것."

"한인아 좀 더 자세히 이야기 해봐. 대체 그게 무슨 말이냐?"

군에 안 갈 수 있는 방법이 있다니. 몸이 단 광필이가 보챈다. 그런 광필을 영호가 이 바보야 하는 눈으로 쳐다본다. 군대 갈 때가 된 운동권 학생들이면 누구나 다 아는 이야기를 광필이만 모르고 있다.

"시위하다가 잡히면 돼. 최소 집행유예만 받으면 군대 안 가는 거지."

"아하 그런 방법이 있었구나."

광필이는 한인이의 말에 무릎을 딱 쳤다.

"그럼 빨리 실행에 옮기자. 어디 가서 시위할까? 언제 갈까?"

행동대장 아니랄까봐 벌써부터 광필이가 호들갑이다.

"자 우선 시위 대상을 찾아야 돼. 음 내가 볼땐 우리의 공적 중에서도 공적, 안기부가 좋을 것 같애. 안기부에 끌려간 선배가 얼마며 개네들이 우리에게 공작 건 것이 얼마냐 이거야. 안기부 땜에 우리 운동이 얼마나 위축됐냐고? 안기부를 쳐야 명분도 쌓고 명예도 얻는 거야."

"명분은 알겠는데 명예는 또 뭐냐?"

논리대장 영호의 일갈에 광필이가 어리하게 또 묻는다.

"잡혀갈 명예. 감방 살 명예. 군대 안 갈 명예. 것도 모르냐?"

한인이가 명쾌히 답하며 광필을 째려본다. 광필이는 살짝 기분이 나빠질라 그랬지만 참았다. 빨리 실행에 옮기고 싶었기 때문이다. 그리고 그들도 같이 잡혀갈 동지 아니던가.

"좋아 그럼 언제 칠까? 어 그래 당장 내일 하자."

광필이가 묻고 광필이가 답한다. 혼자서 북치고 장구 친다.

"아니야 너무 급해. 일단 내일은 사전답사부터 가자구. 현장에 가서 놈들의 상황을 파악하고 지형지물도 봐 둬야 해. 그러고 나서 동선을 짜고 각자 역할도 나눠야 돼."

얄미운 놈. 어쩜 저렇게 신중할꼬? 영호의 말에 광필이는 두 손들었다.

"알았어. 그럼 사전 답사부터 가자고."

세 명의 동지들은 그 다음 날 남산 안기부 앞에 나타났다.

행인1 영호는 자연스럽게 걷고 있다. 그러나 눈알은 바쁘다. 막 돌아간다. 안기부 정문 앞 상황과 놈들의 동태 등을 파악하느라 쉴 틈이 없다. 당연히 모자를 눌러 섰다. 그 누구 하나 바쁜 눈알을 볼 수 없다.

행인2 한인은 자전거를 탔다. 두 번 정도 왕복했다. 더 하고 싶은데 쫄았다. 놈들이 알아챌가봐. 그래도 그 짧은 시간에 충실히 임무를 수행했다. 지형지물을 체크하고 만에 하나 탈출구도 봐 뒀다. 잡히러 온 놈이 탈출구를 확보하다니. 그건 순전히 몸에 익은 관성 때문이다. 가두 투쟁할 때 마다 해왔던 습관을 몸이 알고 있었던 것이다.

행인3. 행인3이 안 보인다. 분명 광필이 일텐데. 어딜 간 걸까? 골목 안 모퉁이에 살짝 삐져나온 신체가 보인다. 눈 하나가 벽 모서리에 걸쳐 있다. 광필이다. 숨어 있다. 숨어서 살피고 있다. 근데 떨고 있다. 긴장감 때문인가? 아니다. 무서움 때문이다. 광필은 지금 정문에 서 있는 보초병을 보고 있다. 뚫어지게. 더 정확히 총을 보고 있다. M16 자동소총을.

'우 시발 저게 뭐야? 저거 땡기면 그냥 벌집 되는거 아냐? 잡히기는커녕 죽는거 아냐? 우씨 떨려 미치겠네. 어쩌지… 에이. 포기 한다 포기해. 군대 가게. 군대 간다 가.'

광필은 그렇게 결정하고 말았다. 물론 두 명의 동지들도 결원이 생겼다는 핑계로 안기부 공격을 없던 일로 묻어버렸다.

사이보그

성표는 본격적인 사법시험 준비에 들어갔다. 신림동 고시촌에 들어가려다 일단 학교 도서관에서 공부하기로 했다. 김천에서 공부로 이름을 날렸던 성표지만 일생일대의 시험을 앞두고 긴장하지 않을 수 없었다. 그리고 인간 복사기로서 암기 대마왕이었지만 사법시험 준비에도 작동이 잘 될는지 걱정도 됐다. 성표는 하루일과를 기계적으로 살기로 작심했다. 사이보그 성표의 일정표는 이러했다.

오전 7시엔 무조건 도서관 입장.

9시 30분까지 공부.

30분간 휴식, 이때 반드시 자판기 커피 한잔, 모닝 커피로다가.

10시부터 12시까지 공부,

오후 1시까지 점심 식사 더하기 교내산책, 이때도 물론 자판기 커피 한잔.

이빨 닦고 30분간 낮잠, 책상에 엎어져서.

1시 30분부터 3시까지 공부.

30분간 휴식, 여기서는 자판기 커피 노, 그냥 휴식, 왜냐면 하루 세잔만 먹기로 했으므로 저녁 식사 후 먹기로 함.

3시 30분부터 6시까지 공부.

7시까지 저녁 식사, 기다리고 기다리던 자판기 커피 한잔.

8시부터 11시 30분까지 가열 차게 공부.

11시 30분 귀가.

쉬는 시간이 좀 길고 잠을 많이 자는 것 같지만 처음이니까 이렇게 시작하기로 했다. 커피도 많이 마시는 것 같았지만 유일한 낙이어서 1일 3잔은 유지하기로 했다. 이 자판기 커피 원칙은 다른 군것질을 하지 않는 성표에겐 유일한 당 보충제였다. 달달한 당이 피곤을 없애주고 집중도도 높여준다는 사실을 성표는 잘 알고 있었다. 주워들어서. 그러나 무엇보다도 커피의 유혹을 놓을 수 없는 것은 어릴적부터 쌓아온 달달함에 대한 추억 때문이다. 김천 시내에서 그리 멀리 떨어져 있지 않은 시골이었지만 '달고나'니, '눈깔사탕'이니 하는 것들이 귀했다. 그래서 늘 동경의 대상이었고 언제나 먹고 싶은 것들이었다. 단 것은 고기 다음으로 좋았다. 성표는 서울에 올라온 후에는 식후에 꼭 자판기 커피를 마셨다. 것도 아껴가면서. 달달함을 온 입안에 퍼트리면서. 커피를 다 마신 다음에도 잔 밑에 녹지 않은 설탕이 깔려 있다면 당연히 혀로 핥아 먹었다. 샅샅이. 아이러니한 것은 쓴 커피가 성표에겐 단 것으로 둔갑해 있었다는 사실이었다.

그나저나 토요일과 일요일은 어쩌지? 성표는 토요일 오후 3시까지는 이 사이보그 원칙을 지키기로 했다. 그 이후에는 무조건 휴식. 놈들을 만나 수다도 떨고, 무엇보다 빨래와 청소를 해야 했다. 하여 주말은 어떤 일이 있어도 사시 관련 책은 보지 않기로 했다. 그래야 월요일부터 사시 공부를 더 집중해서 할 수 있을 것 같았다.

일정표에 따라 산지 벌써 2달, 암기 대마왕으로서 인간 복사기의 기능은 예전만 못했지만 그런대로 차질 없이 진도를 나갔다. 그런데 해도 해도 끝이 없다. 봐야 할 게 너무 많다. 그래도 언젠가는 끝날 것이라는 기대를 갖고 기계처럼 절도 있게 살고 있다. 오늘도 30분간의 휴식을 틈타 캠퍼스를 산책하고 있다. 서울대 캠퍼스는 광대하면서도 포근했다. 아직까지 한 번도 학교 전체를 둘러보지 못했다. 걸어서 다니기에는 너무 컸다. 어디서부터 어디까지가 학교인지 가늠도 안됐다. 하지만 성표를 포근하게 안아주는 성표만의 아지트는 있다. 그 중의 하나가 사범대 뒤 잔디밭 버들골이다. 지난번에 담배피기 연습을 했던. 그리고 인문대 옆 연못 자하연도 쉬기에는 참 좋은 곳이다. 성표는 연못 옆 나무에 기대앉아 과열된 머리를 식히고 있었다. 오늘따라 연못이 참 맑다. 거울 같다. 나무며 풀이며 연못 주변의 모든 것을 포근히 안고 있다. 하늘의 구름도 샘이 난 듯 연못의 품속에 풍덩 안겨있다. 성표도 갑자기 그 품속에 안기고 싶다. 뛰어들어 구름을 타고 나무와 풀들을 유영하며 그들과 놀고 싶다. 성표는 입가에 미소를 지으며 찬찬히 구름에 눈길을 주었고, 그 다음엔 나무, 그리고 풀, 그리고…. 어 저건? 성표는 자리에서 벌떡 일어났다. 연못 속엔 또 다른 사람이 들어와 있었다. 성표는 연못 반대편으로 재빨리 시선을 돌렸다.

주희?

주희 맞네.

분명 주희였다.

꿈에 그리던 주희였다.

성표는 주희를 향해 달렸다. 그러다 이내 멈췄다.

이제 공부 시작했는데…

지금 주희를 만나면 공부 못할낀데…

그래도 주흰데…

주희와 서울대에서 고기 구워 먹어야 하는데…

성표는 두 갈래 길에서 멈춰서 버린 것이다.

할배요 어떡하면 좋겠심니꺼?

갑자기 할배가 떠올랐다. 뒤이어 아버지와 어무이도, 동생 오숙이도.

답은 뻔했다. 할배의 답과 아버지, 어무이, 동생, 모두의 답은 같다.

공부해라이~~~

성표는 발길을 돌렸다. 집안의 기대가 더 컸던 것이다.

'주희야 미안하다. 지금은 우리가 때가 아닌 것 같다. 내 사시합격하고 나서 당당히 니 앞에 나타나께. 조금만 기다리라.'

성표는 나름대로의 로드맵을 만들었다. 그 짧은 순간에. '사시합격 후 주희 상봉'이라는 로드맵을. 그리고 사이보그 성표는 그 로드맵대로 한 치의 오차도 없이 움직였다. 다만 주희가 다니는 인문대에 어설렁거렸고, 자하연에 조금 더 자주 나왔다. 그리고 먼 발치에서 주희를 바라보며 사시합격에 전의를 불태웠다.

아! 서울대

초판 1쇄 인쇄 2019년 10월 25일
초판 1쇄 발행 2019년 10월 30일

저 자 김 혁 조
펴낸이 임 순 재
펴낸곳 **(주)한올출판사**
등 록 제11-403호
주 소 서울시 마포구 모래내로 83(성산동 한올빌딩 3층)
전 화 (02) 376-4298(대표)
팩 스 (02) 302-8073
홈페이지 www.hanol.co.kr
e-메일 hanol@hanol.co.kr
ISBN **979-11-5685-845-4**